KB136101

일상의 악센트

TSUTAWARU CHIKARA

by Yataro MATSUURA

© 2015, 2017 Yataro MATSUURA

All rights reserved.

Original Japanese edition published by SHOGAKUKAN.

Korean translation rights arranged with SHOGAKUKAN through

THE SAKAI AGENCY and ERIC YANG AGENCY.

일상의 악센트

마쓰우라 야타로 지음 — 서라미 옮김

흐름출판

시작하며

소중한 사람을 떠올리며 편지를 쓰듯이. 사랑하는 사람에게 연애편지를 쓰듯이.

글을 쓸 때 특별히 마음을 기울이는 부분이 있느냐는 질문을 받으면 나는 늘 이렇게 답한다.

편지를 쓰는 마음으로 글을 쓴다. 그것도 한 사람에게 쓰는 편지.

펜을 쥐고, 때로는 키보드에 손을 올리고 첫마디를 쓸 때면 이런 생각을 한다. 편지를 쓰는 이유는 상대방을 기쁘고 흐뭇하게 하기 위해서라고. 그래서 답장을 써야겠다는 마음이 들도록. 진솔하고 다정하게. 머리는 쓰지 말고 마음은 듬뿍 담아서.

편지란 머리가 아니라 마음을 움직여 쓰는 글이다. 기술이나 형식, 경험을 살리는 것이 아니라, 그저 그 사람을 떠올리고, 그 사람을 생각하며, 그 사람에게로 마음을 기울여 쓰는 글. 그 사람 마음에 가닿는 글.

한 문장 한 문장 써내려 가는 동안 가만히 그 사람만 생각한다. 그 사람은 어머니였다가, 가족 중 누구였다가, 친구였다가, 지인이었다가 때로는 오늘 스쳐 지나간 이름 모를 타인이 되기도 한다.

한 사람을 위한 글밖에 쓸 줄 모르는 나는 어쩌면 작가와는 어울리지 않는지도 모른다. 그래도 나는 오늘 편지를 쓴다. 그날, 그때, 내 마음이 떨렸던 눈부신 순간들이 하나든 둘이든 당신에게도 가닿기를 바라며.

이토록 좋은 것들을 나누고 싶어서.

당신과 함께.

― 마쓰우라 야타로

차례

시작하며 • 5

Chapter 1

**예의를 갖추는
방법**

손님에서 친구로 • 15

기운 헤아리기 • 18

초심 • 21

부모님을 위한 선물 • 23

발견한다는 것 • 26

나의 베스트 텐 • 29

잘 살펴보기 • 32

아이디어의 원천 • 34

깊이 생각하다 • 37

'고맙습니다'의 다음 • 39

열정 회상 • 41

Chapter 2

여행에서
나를 발견하다

나약했던 나를 내려놓다 • 45

일정 없이 다니기 • 47

단골 가게 만들기 • 49

이곳에 오면 괜찮아 • 52

아름다운 것 • 57

한 걸음 물러나서 보기 • 59

등을 곧게 펴고 • 62

잊어도 좋아 • 66

비밀의 장소 • 69

Chapter 3

누군가를 위해

서른 통의 부적 • 75

정성껏 듣기 • 77

필요한 것은 즐거움 • 80

그 사람을 생각하는 것 • 82

어떻게 고를까 • 84

재미있는 사람 • 88

대화의 포인트 • 90

만날 수 있으면 만나고 싶다 • 92

독서의 묘미 • 94

선물 가설 • 97

곁에 있어준다는 것 • 99

Chapter 4

**일의 시작은
인사하는 법부터**

일요일의 습관 • 105

오래된 바 주인의 가르침 • 107

멋 내기란 뭘까 • 110

길지도 짧지도 않은 • 113

나부터 바꾸기 • 115

방을 새롭게 • 117

보이지 않는 부분의 맵시 • 119

승부 체질을 갖다 • 122

낭비라는 이름의 저축 • 124

행복을 나누어 갖기 • 126

잘 본다는 것 • 128

근사한 답례 • 131

일상을 맛보다 • 134

정성 어린 마음 한 술 • 137

Chapter 5

마음 정돈
한마디 말로 • 141

성장의 법칙 • 143

그만두지 말고 휴식을 • 145

흉내 내기부터 • 148

스승을 발견하다 • 150

여백 만들기 • 153

알맞게 무르익은 순간 • 155

떨어져 있을 용기 • 157

열두 개의 질문 • 160

작은 감탄 • 162

일을 잘하는 비결 • 165

Chapter 6

**나답지 않음에
도전하기**

마법을 쓰는 방법 • 169

나답지 않다 • 172

나의 적은 나라는 시각 • 174

다정한 얼굴을 한 사람 • 176

바닥까지 떨어져보기 • 178

부적 만들기 • 180

호불호 없애기 • 183

흐르는 물이 되자 • 185

안전권에서 뛰쳐나오기 • 187

칭찬에 약한 사람 • 189

'큰일'이 가져온 균형 • 191

나를 만드는 방법 • 194

0에서 시작하기 • 197

마치며 • 200

Chapter 1

예의를 갖추는
방법

손님에서 친구로

내게는 여든여섯 살 된 친구가 있다. 샌프란시스코에 사는 앨런 머레이 씨다.

머레이 씨는 발이 편한 구두를 만드는 수제화 장인이다. 구름 위를 걷는 듯 편안한 신발을 전통적인 기법으로 만들어 세계적으로 이름을 알렸다.

처음으로 머레이 씨에게 구두를 맞췄을 때, 그는 내 손을 잡고 이렇게 말했다.

"나와 당신의 관계는 지금부터 시작입니다. 내 구두가 앞으로 당신의 건강에 도움이 되기를 바랍니다. 그러기 위해서 당신과 친구가 되고 싶어요. 당신을 알고 싶으니까요. 친구라면 무슨 일에 대해서든 가볍게 이야기를 나누고 때로는 다투기도 하지요. 구두가 완성되기 전까지는 손님이었지만, 구두를 건넨 뒤부터 당신과 나는 친구예요."

환하게 웃어 주던 머레이 씨의 얼굴이 잊히지 않는다.

한 달에 한 번 머레이 씨가 편지를 보내주기 시작한 것이 벌써 10년째다. 자기 집 과수원이 어떻다든지 기르는 장미가 어떻다든지 닭이 계란을 몇 개 낳았다는 등의 시시콜콜한 이야기 끝에 반드시 그가 만들어준 구두는 이상이 없는지 물었다. 그리고 마지막에는 보고 싶다고 썼다.

그러다 올가을 초, 머레이 씨가 편지와 함께 소포를 보내왔다. 상자 안에는 주문하지도 않은 새 구두가 들어 있었다.

"당신을 잊어버릴까 봐 올여름에는 당신에게 줄 구두를 만들었어요. 구두를 만들었더니 당신을 떠올릴 수 있었어요. 이제 나이가 들어서 구두 만드는 일은 이번이 마지막입니다. 선물이에요."

편지에는 그렇게 적혀 있었다.

나는 새 구두를 신고 곧바로 샌프란시스코로 날아
갔다.

소중한 친구를 만나기 위해.

기운 헤아리기

내 단골 카페에서는 아주 맛있는 커피를 판다.

늘 같은 여성이 한 잔 한 잔 마음을 담아 넬 드립 방식으로 커피를 내려준다. 현란한 손기술을 선보이는 것도 아니고, 특별한 원두를 쓰는 것도 아니다. 그런데도 유난히 맛있다.

이 집 커피가 맛있는 이유가 단순이 맛이 좋아서가 아니라는 사실을 안 것은, 그녀가 내려준 커피의 진수가 마지막 한 모금에 있다는 것을 깨닫고 난 뒤였다. 입에서만 맛있는 것이 아니라 마음에서도 맛이 있어서, 따뜻하고 충만한 느낌이 쉬이 가시지 않았다.

요즘은 음식을 만드는 사람도 먹는 사람도 첫입에 맛있는 것을 선호하는 경향이 있다. 요리든 술이든 마찬가지다. 우리의 미각은 첫입에 맛있지 않으면 만족하지 못하게 되어버린 걸까. 하지만 첫입에 맛있다는 것은 어쩌면 맛이 진한 것뿐인지도 모른다.

일본 요리에서 국은 마지막 한 모금에서 진정한 맛이 느껴지도록 만든다. 첫입은 다소 싱겁지만 두 입, 세 입 먹다 보면 점차 최고의 맛에 도달하도록 요리한다.

"커피를 맛있게 내리는 비결이 있나요?"

어느 날 카페의 그녀에게 물었다. 그녀는 가만히 생각에 잠기더니 이렇게 대답했다.

"손님의 '기운'을 헤아리는 걸 가장 중요하게 생각해요. 손님의 기운에 따라 오늘은 어떤 맛으로 내려 드릴지 결정하고 그 맛이 잘 나왔는지 끝까지 마음을 놓지 않아요."

나는 깜짝 놀랐다. '기운'을 헤아린다는 표현이 조금 무섭게 들린 것도 사실이지만 무슨 의미인지 알 것 같았다. 커피를 주문한 손님이 지금 어떤 기분인지를 유심히 헤아린 뒤 거기에 맞춰 맛을 미묘하게 조정하고 마음을 담아 커피를 내린다는 말이다.

요리에서 잊지 말아야 할 것은 기술이나 지식이 아니라 사랑의 표현이라고 내게 가르쳐준 사람은 요리연구가 우엔 씨였다. 카페의 그녀가 들려준 대답에서 나는 우엔 씨의 말을 떠올렸다. 맛이란 입으로만 느끼는 것이 아니라 그때 그때 마음으로 느끼는 것이라고 다시 한번 생각했다.

"요리의 목적은 단순히 먹는 사람의 배를 채우는 데 있지 않습니다. 하루의 피곤함을 덜어주고 내일도 건강하도록 도와주는 것입니다."라고 우엔 씨는 말했다.

카페의 그녀도 분명 이런 마음으로 매일 커피를 내릴 것이다. 상대방의 기운을 헤아리는 마음가짐은 일과 일상에서 잘 살려봄직한 소중한 자세이다. 상대방의 기운을 헤아려 지금 무엇을 원하는지, 어떻게 하면 상대방의 마음이 행복할지 끝까지 지켜보며 최선을 다하는 것이다.

내 마음을 상대방의 마음으로 향하게 하면, 그 안에서 사랑이 피어나 모든 일에 마법처럼 작용한다.

물론 내 기운을 헤아리는 것도 잊지 말자. 그리고 무슨 일이든 마음을 담아 하자. 정성스럽게.

초심

맑게 갠 휴일.

나는 지금 베란다 의자에 멍하니 앉아 생각에 잠겨 있다. 내가 처음으로 손을 움직여 만든 것이 뭐였더라.

어린이집에서의 추억이 떠올랐다. 어린이집에는 세 살부터 다녔으니 아마 그즈음의 일일 것이다.

눈앞에 빨강, 파랑, 노랑, 초록 색종이가 여러 장 펼쳐져 있었다. 가위를 들고 색종이를 길게 잘랐다. 가위를 써본 것도 그때가 처음이었던 것 같다. 종이를 자를 때의 샤샥 하는 기분 좋은 감촉이 지금도 생생히 떠오른다.

기다랗게 잘린 색종이가 산더미처럼 쌓이자 선생님은 종이 끝에 풀을 발라 고리 모양이 되도록 붙이라고 가르쳐줬다. 고리 하나가 완성되면 다른 종이를 고리에 통과시킨 뒤 끝을 붙여 다시 고리를 만드는 것이었다. 그것을 뭐라고 부르면 좋을까. 종이 사슬이 적당하겠다.

기다란 종이로 고리를 만들어 연결하면 끝도 없이 긴 사슬을 만들 수 있다는 사실이 어린 나에게는 꽤 신기했다. 게다가 내가 좋아하는 색종이를 골라 원하는 색깔의 종이 사슬을 만들 수도 있었다. 이보다 재미있는 놀이가 또 있을까. 그날 색종이를 다 쓸 때까지 쉬지 않고 종이 사슬을 만들었다.

종이 사슬은 어린이집에서 여는 생일파티 장식으로 쓰였다. 내 손으로 무언가를 만들어 다른 사람들에게 기쁨을 주었다는 사실에 무척 행복했다.

오랜만에 종이 사슬을 만들기로 했다. 태어나서 처음으로 만들었던 종이 사슬이 얼마나 근사했었는지 떠올랐기 때문이다. 거기에 내 초심이 있었다.

부모님을 위한 선물

연로한 아버지에게 생신 선물을 드리고 싶은데 무엇이 좋겠느냐고 친구가 물었다.

아버님이 가장 좋아하시는 도시락을 만들어 드리면 어떻겠느냐고 말해주었다. 나이가 들수록 생활에 필요한 물건이 적어지니 아무래도 물건보다는 진심을 담은 밥 한 끼를 지어 드리면 흐뭇해하시지 않을까 싶었다. 아버님께 어떤 도시락을 드시고 싶은지 여쭤보고 온 가족이 함께 먹을 수 있게 준비하면 어떤 선물보다 기뻐하실 것 같다고 말해주었다.

학창 시절의 일이다. 우리 부모님은 맞벌이를 하셨기 때문에 어머니가 만들어주는 도시락에는 늘 김이 빠지지 않았고, 반찬은 전날 저녁상에서 남은 것들로 채워졌다. 어느 날 내가 어머니에게 투덜거렸다.

"맨날 김 도시락이야. 오늘도 김 도시락. 내일도 김 도시락."

다음 날 도시락 뚜껑을 열어보니 소보로밥*이 들어 있었다. 그제야 어머니에게 상처를 주었다는 생각이 들었다. 소보로밥을 가만히 내려다보았다. 선뜻 젓가락을 댈 수 없었다. 그날 소보로밥은 무척 맛있었다. 그러나 한창 반항기가 있던 때라 어머니에게 "맛있었어요. 감사합니다." 하고 마음을 표현하지 못했다.

돌이켜보니 그때 소보로밥만큼 맛있는 도시락은 먹어본 적이 없다. 지금도 생생히 떠오를 만큼 잊을 수 없는 맛이다.

친구 아버님께서는 밥 한가운데에 매실 장아찌 하나만 박은 도시락이 먹고 싶다고 말씀하신 모양이다. 생신

* 고기와 달걀 등을 볶아 얹은 밥 - 옮긴이

파티 때 온 가족이 즐겁게 매실 장아찌 도시락을 먹었다고 했다. 아버님은 무척 기뻐하셨고 눈물을 훔치셨다고도 했다.

맛에 담긴 추억이 떠오르셨으리라.

맛에 담긴 당신만의 추억은 무엇인지?

발견한다는 것

롤모델이 있는지? 그 사람처럼 되고 싶고, 그 사람에게 더 많이 배우고 싶고, 그 사람과 가깝게 지내고 싶고, 마음 깊이 존경하는 사람. 그런 사람을 기억하는지?

내 첫 롤모델은 십대의 끝자락에 샌프란시스코에서 만난 헨리 씨다. 그는 나보다 여덟 살이 많았다.

골동품을 좋아했던 나는 주말이면 늘 프리마켓에 들렀다. 좋아하는 물건들을 늘어놓고 팔던 셀러들과도 점차 안면을 트고 지냈는데 그중 한 사람이 헨리 씨였다.

나는 헨리 씨의 가게에 진열된 골동품이라고 부르기는 조금 뭣한, 녹슨 장난감 자동차나 움직이지 않는 자명종 시계, 어느 호텔의 열쇠 꾸러미, 지금은 열지 않는 레스토랑의 메뉴판 같은 잡동사니를 무척 좋아했다. 영어 실력이 썩 훌륭하지 않았던 나를 헨리 씨는 무척 친절하게 대해주었다. 헨리 씨의 부인이 일본인이었던 것도 그 이유 중 하나였다.

헨리 씨는 아무도 눈여겨보지 않을 것 같은 잡동사니 틈에서 새로운 가치를 찾아내는 데 재능이 있었다. 아무 짝에도 쓸모없어 보이는 낡은 과자 상자도 헨리 씨의 손을 거치면 고급 예술 작품처럼 보였다. 마법을 부리는 것 같았다.

한 번은 헨리 씨의 일손을 돕기 위해 샌프란시스코에서 차로 세 시간 떨어진 시골의 프리마켓에 함께 간 적이 있다. 가는 길에 오래된 농가를 발견하면 그는 그냥 지나치는 법이 없었다.

"오래 돼서 버리기 직전인 빨래집게가 있으면 이것과 바꿔주실래요?"

그가 새 빨래집게 꾸러미를 내밀어 보이며 말을 걸면, 어떤 농가라도 오래된 빨래집게는 얼마든지 있었으므로 모두 즐겁게 바꿔주었다. 그렇게 나무를 깎아 만든 오래된 빨래집게가 가득 모였다.

그는 "이건 모양이 좋네."라든지 "이건 50년은 됐겠다."라며 눈을 반짝이며 내게 하나하나 설명해주었다.

요즘은 그런 것들이 파운드 오브제found object라는 이름으로 고가에 거래되지만, 당시에는 오래된 빨래집게를 모아 파는 사람은 헨리 씨뿐이었다.

헨리 씨는 말했다. "내가 하는 일은, 경쟁자가 한 명도 없는 곳에서 내 눈과 감각만 믿고 보물을 찾는 거야."

나는 무척 멋지다고 생각했다. 헨리 씨와 함께 있으면서 '발견하는 것'의 즐거움을 배웠다. 누구도 깨닫지 못하는 아름다움과 매력을 발견하는 것. 아무도 보지 못하는 근사함을 발견하는 것. 앞으로 누구나 갖고 싶어 하게 될 감각을 발견하는 것.

발견하는 것은 감동하는 것이다. 오늘 하루, 감동하는 만큼 발견할 수 있다.

동경해 마지않았던 헨리 씨가 내게 미친 영향력은 지금까지도 내 일에 도움이 되고 있다. 누구보다 일찍, 누구보다 많이 발견하는 것은 중요하다.

나의 베스트 텐

30대의 나는 무슨 일을 했던가 돌이켜보니, 그때는 하루하루가 겨루기였던 것 같다. 이기든 지든 둘 중에 하나인 겨루기가 아니다. 일이나 취미, 연애나 친구와의 만남 같은 일상적인 활동을 할 때 마치 경기를 하듯 늘 긴장이 되고 가슴이 두근거렸다.

큰 경기인지 작은 경기인지는 그날그날 달랐지만 '안 되면 더 열심히 하면 되니 일단 부딪혀보자.'는 마음이었다. 주변에서 뭐라고 하든 머릿속에 떠오른 일은 모두 해내고 말겠다는 태세였다. 이 일 저 일에 도전하며 매일같이 아이디어를 쥐어짰다.

그때 가장 재미를 느끼며 열중했던 일은, 한 번도 가본 적 없는 곳에 가는 일이었다. 특히 옛날부터 상점가를 좋아했던 나는 도쿄의 주요 상점가 구석구석을 걸어다니고는 했다.

그때는 블로그나 트위터가 없었다. 본 것, 들은 것, 산 것, 먹은 것에 대한 감상은 오로지 내 기억 속에만 있어서 '오늘도 재미있었다.'라는 한마디로 하루를 마무리해도 죄책감은 없었다.

이야기가 나온 김에 고백하자면, 어릴 적 습관이랄까, 내가 자주 하던 놀이 중에 '베스트 텐'이라는 것이 있다. 어떤 것에 대해서 열 가지를 생각한 뒤 순위를 정하는 것이었는데, 여기에도 나만의 조합이 있었다.

예를 들어 '도쿄의 상점가 베스트 텐'을 생각하면 1위는 다소 뻔하기는 하지만 에도 구의 스나마치砂町 상점가이다. 그 외에는 '시부야에서 하라주쿠까지 가는 길 베스트 텐'이라든지 '백화점 식품 코너 베스트 텐', '집 근처 명패 베스트 텐', '친구에게 받은 연하장 베스트 텐' 등이 있다. 이런 식으로 무엇이든 베스트 텐을 생각하는 일은 지금도 재미있다.

늘 베스트 텐을 머릿속 한 켠에 넣고 다니며 호기심

가득한 눈으로 이것저것 관찰하고 생각하는 습관이 지금의 나를 만들었다고 해도 과언이 아니다. 잘 보고, 잘 듣고, 잘 생각하는 일을 어떻게 하면 더 재미있게 할까 고민하는 것이 내 생활과 업무의 비결이다.

여담이지만, 언젠가 특기가 무엇이냐는 질문을 받고 적당한 답이 떠오르지 않아 얼버무린 적이 있다. 평소에 베스트 텐을 그렇게 열심히 생각했으면서도, 막상 나에 대한 베스트 텐은 생각해본 적이 없었던 것이다. 그래서 '나의 특기 베스트 텐'을 생각해봤다. 3위부터 살펴보자.

3위. 냄새를 잘 맡는다. 나는 냄새에 민감하다. 이게 꽤 도움이 될 때가 있다.

2위. 귀가 밝다. 멀리서 작은 목소리로 이야기해도 찰떡같이 알아듣는 것이 어릴 때부터 특기였다.

1위. 잘 본다. 시력이 좋다는 뜻이 아니라 남들이 신경 쓰지 않는 것을 찾아내는 안목이 다른 사람보다 훨씬 좋다. 그래서 늘 오류를 찾는 것은 나의 몫이다. 히스테리라고 말한다면 그럴 수도 있겠다.

베스트 원을 생각하기는 쉽지만 베스트 텐을 완성하기는 생각보다 쉽지 않다. 제법 뇌 운동이 된다. 꼭 한 번 해보시기를.

잘 살펴보기

"점수판을 보지 말고, 그라운드에 펼쳐진 경기를 보자."

내가 좋아하는 말이다. 결과나 점수를 알기 위해 경기를 보는 것이 아니라 그 안에서 변화하는 것, 움직이는 것, 일어나는 일을 잘 살피며 보라는 뜻이다. 무엇이든 손쉽게 알 수 있는 요즘, 더욱 와닿는 말이다.

작가 에이 로쿠스케가 쓴 에세이 중에 이런 글이 있다. 어린 시절의 작가가 어머니에게 생활통지표를 보여주니 어머니는 "이것은 학교 선생님이 너를 평가한 것이니 나는 안 봐도 괜찮다."라며 들춰보지 않았다는 내용이다. 당신의 아들에게는 생활통지표로 표현할 수 없는 훌륭한 점이 있다고 믿은 어머니의 마음. 다소 유별나기는 해도 참 좋은 이야기다.

나는 늘 생각한다. 무슨 일이든 잘 살펴보자고. 잘 살펴보는 것은 들여다보는 것이다. 들여다보는 것은 숨어 있는 좋은 점을 발견하는 것이다.

사람이든 물건이든 눈에 보이는 것이 전부는 아니다. 너그러운 마음의 눈으로 내 안을 들여다보면, 겉으로 드러나지 않았던 근사한 부분이나 자랑할 만한 모습, 숨어 있던 다양한 면모가 보인다. 모두 얼핏 봐서는 보이지 않는 것들이다.

숨어 있는 좋은 점을 발견했다면 나는 그것의 최초 발견자가 되고, 그것은 나만의 매력이 된다. 이렇게 발견한 매력은 평생 가는 보물이 된다. 어떤 사람이나 물건을 좋아하는 것은 이를테면 그 안에서 보물을 발견했기 때문이다. 보물이 보물이라는 믿음을 갖고 소중히 여기면 된다.

일상에서든 업무에서든 보물을 발견하고 나누어 갖는 일은 중요하다. 보물찾기는 즐겁다.

아이디어의 원천

런던에서 웹디자이너로 일하는 친구를 오랜만에 만났다.

일본에 올 때마다 연락을 주고받았는데 서로 바빠 좀처럼 만나지 못하다 3년 만에 재회했다.

일단 서로의 안부를 나눈 뒤 곧바로 일 이야기로 넘어갔다. 친구는 런던이라는 자극적인 환경이 자신의 일에 어떤 영향을 주는지 들려주었다.

"런던에서는 다양한 문화를 지닌 외국인과 만날 기회가 많고, 그래서 시야가 넓어지는 것 같아. 하지만 시야가 넓어진다는 것은 동시에 나를 깊이 들여다보는 계기

이기도 하더군. 나는 어떤 사람이고, 어떻게 타인과 사회와 문화를 만나고, 일과 생활에 대한 발상을 하는가. 여기에 답을 하지 않고서는 나를 들여다볼 수 없고, 답을 하기 위해서는 환경에 섞이기보다 독립적으로 존재하며 공존해야 한달까. 나를 세상과 공존시키는 방법을 늘 궁리해야겠더라고."

"아주 힘든 일처럼 들리는데."

"아니, 결코 힘들거나 불쾌한 일이 아니야."

그는 웃으며 대답했다. 런던에 있을 때와 일본에 있을 때 머릿속에 떠오르는 아이디어가 다른지 물었더니, 무엇 하나 다르지 않다고 했다. 그의 생각은 '아이디어는 기억 속 서랍 안에서 꺼내는 것'이라는 내 생각과 정확히 일치했다.

런던에 있으면 참신한 아이디어가 많이 떠오른다거나, 뉴욕에 있으면 신선한 발상이 마구 샘솟는다는 말은 미신과 다를 바 없다. 아이디어는 어디에서 무엇을 하는가에 따라 나오는 것이 아니다. 아이디어란 과거의 기억 속에서 발굴해내는 것이다. 태어나서 지금까지 느낀 감동, 기쁨, 놀람, 슬픔, 고통 등 온갖 것에 대해 경험했던 기억이야말로 아이디어의 원천이다.

아이디어란 '이것이 좋았다.' '그때 참 기뻤다.' '여기가 인상 깊었다.' '기분이 좋았다.'라는 기억들이 준 하사품이다. 즉, 기억으로부터 떠올린 것이다. 그러니 살면서 많은 것을 경험하고 그 경험을 기억하는 것이 무엇보다 중요하다.

"생각하는 것은 회상하는 것과 닮았어. 어느 나라에서 일을 하든 마찬가지라고 생각해. 일을 잘하는 사람들은 누구나 기억력이 굉장히 좋아. 어릴 때부터 지금까지 겪은 일들을 아주 잘 기억하고 있거든. 그런 사람은 일상의 작은 일에서도 감동할 만한 부분을 찾지. 감동이라는 경험에 아주 적극적이야."

"그렇다면 회상과 기억은 보물이군." 하고 내가 말하자, 그는 영어투성이인 런던에서 아이디어가 막히면 늘 일본에서 겪었던 어린 시절의 기억에 매달린다고 말하며 웃었다.

내가 〈생활수첩〉에서 편집장으로 일할 때, 창립자인 오하시 시즈코 씨에게 편집자 채용 조건을 물은 적이 있다. 그녀는 "여러 가지를 경험한 사람이 좋겠지요."라고 대답했다.

지금까지의 기억과 앞으로의 경험만큼 귀한 것은 없다.

깊이 생각하다

지인 중에 2년간 로마에서 살다가 일본으로 돌아온 여성분이 있다. 그녀가 일본에 와보니 로마의 매력을 알리는 책이 너무 없다 싶어 직접 썼다며 내게 원고 한 편을 건넸다. 책으로 만들면 좋겠다는 말도 덧붙였다. 작가가 되고 싶어 하는 것 같았다.

나는 그녀에게 물었다. "본인이 원하는 책을 만들고 싶은 건가요? 아니면 세상에 도움이 되는 책을 만들고 싶은 건가요?" 그녀는 "양쪽 모두"라고 답했다.

그녀는 총명하고 밝고 매력적인 사람이다. 무척 상냥하고 말도 잘하는 유쾌한 사람이다.

원고의 내용은, 그녀가 로마에서 직접 경험한 근사한 일상과 거리 안내 등이었는데 이상하게도 글에서 그녀의 성격이 전혀 느껴지지 않았다. 고집 센 독불장군 같은 그녀의 글은 끝까지 읽기가 어려웠다. 이야기를 들어보면 그렇게 즐거웠다는데, 글은 이상할 만큼 따분했다.

안타까운 사실은, 취미가 아닌 직업으로서의 글쓰기는 생각보다 힘들고 어렵다는 점이다.

거창하게 들릴지 모르지만, 글을 쓴다는 것은 내가 아직 말하지 않은 것이 무엇인지 깊이 생각하는 것이다.

그래서 나는 그녀에게 말했다. 2년이나 살았다면 당신만 아는 로마의 진면목이나 에피소드가 넘쳐날 텐데 왜 그런 것들을 쓰지 않느냐고. 당신이 그어놓은 선을 넘어 마음을 열지 않는 한 무엇을 써도 나는 당신을 믿을 수 없다고.

글쓰기는 괴로운 일이다. 괴로워도 쓰고 싶은 것이 글이다.

'고맙습니다'의 다음

일상에서 또는 일을 하면서 우리는 늘 누군가에게 무언가를 받는다.

가까운 사람에게 도움을 받기도 하고, 회사 선배에게 업무 조언을 얻기도 하고, 때로는 식사 대접을 받기도 한다. 이런 호의를 받고도 "고맙습니다."라는 말 한 마디로 마치 흔한 일인 양 끝내는 것이 못내 아쉽다.

물론 상대방에게 호의를 받은 직후에는 그 정도 인사면 충분하다. 중요한 것은 그다음 날이다. "어제, 고마웠습니다."라고 다시 한 번 인사를 건네며, 그 사람이 내게 베풀어준 호의에 대한 감상을 구체적으로 말해보면 어떨까.

사람은 누구나 자신이 베푼 호의를 상대방이 어떻게 받아들였는지, 기뻐했는지, 그 뒤 어떻게 됐는지 알고 싶어 한다. 하지만 "고맙습니다."라는 한 번의 인사로는 그런 것들이 전해지지 않는다.

예를 들어 외근을 나갔다가 맛있는 과자를 발견했다고 치자. 나는 동료들과 함께 먹고 싶어서 과자를 구입해 회사로 돌아왔다. 동료들은 당연히 내게 고맙다고 인사를 했다. 그리고 다음 날, 동료 중 한 명이 어제 그 과자가 어떤 맛이었고, 얼마나 맛있었는지 구체적인 감상을 들려주며 다시 한 번 고마웠다고 말한다. 어떻게 기쁘지 않을 수 있을까.

각별한 감사 인사를 받기 위해 남에게 베풀라는 말이 아니다. 정성스러운 인사를 받으면 그 사람에게 더 잘해주고 싶은 것이 사람 마음이라는 뜻이다.

일상에서도 업무에서도 인맥은 많을수록 좋다. 인맥이 풍부한 사람은 대개 인사를 잘한다.

인사를 잘하는 사람은 반드시 귀한 대접을 받는다.

열정 회상

사람을 좋아하는 것만큼 근사한 일은 없다.

누군가를 못 견디게 좋아하는 마음은 쉽게 흔들리지 않는 묘한 감정을 불러일으킨다.

괴롭거나 쓸쓸하거나 슬플 때, 마음에 담고 있는 사람을 생각하면 그 존재만으로도 응원이 된다. 다시 열심히 해보자는 용기가 생긴다. 만나거나 대화를 나누지 않아도, 그 사람을 생각하는 것만으로도 위축되었던 마음이 눈 녹듯 풀린다.

젊은 시절의 어느 날, 나는 아무리 열심히 노력해도

일이 풀리지 않기를 수차례 반복하며 자신감을 잃고 끝없이 추락하고 있었다. 그때 친구가 이런 말을 해주었다.

"연애를 해본 적 있어? 사람을 좋아해본 적은? 한 번이라도 그런 경험이 있다면 걱정할 것은 하나도 없어. 연애를 할 때, 어떤 사람을 좋아할 때를 떠올리면 돼. 그때 넌 어땠지? 그 사람의 마음을 사기 위해 이것저것 생각하고, 행동하고, 상대방에게 도움이 될 만한 것이나 그 사람이 잘 모르는 것들을 공부했겠지. 너의 마음을 전하기 위해 노력을 했을 거야. 다른 사람이 보기에 이상하다 싶을 만큼 몰두했겠지. 그때의 열정을 떠올려봐. 그 열정을 이번에는 일에 쏟는 거야. 연애보다 훨씬 쉬울걸."

나는 지금도 자신감이 떨어질 때면 연애를 하던 때, 누군가를 열심히 좋아하던 때를 떠올린다.

물론 지금 좋아하는 사람을 떠올리는 것도 잊지 않은 채.

Chapter 2

여행에서
나를 발견하다

나약했던 나를 내려놓다

강한 사람은 없다.

강해 보여도 사람은 누구나 약한 생물이다.

왜 이렇게 말하느냐고? 우리에게는 마음이 있다.

마음속에서 불안과 외로움이 사라지는 일은 없다.

그러니 불안과 외로움을 사랑해보면 어떨까.

그렇게 산다면 무척 멋질 것이다.

그래, 나약함을 결코 싫어해서는 안 된다.

언젠가 나는 이런 말을 노트에 적었다. 살다 보면 지
치고, 작은 일에 상처받고, 좌절하고, 스스로는 어떻게 할 수 없는 일도 있다.

그럴 때, 나다워질 수 있는 곳에 간다. 나를 리셋할 수 있는 장소. 나약해져버린 나를 잠시 놓아줄 수 있는 장소.

내게 그 장소는 캘리포니아 버클리에 있는 한 카페였다가 뉴욕의 공원 벤치였다가 하와이 섬의 힐로 시였다가 한다. 이 중 한 군데가 내 고향인지도 모른다.

단 며칠이라도 나다운 호흡을 되돌리고 나다운 미소를 되살리기 위해 큰마음을 먹고 떠난다. 물론 혼자서. 목적 없는 여행이라고 할까.

당신에게는 그런 장소가 있는지? 자주 가는 곳이 아니더라도 그런 피난처가 몇 군데쯤 있으면 안심이 된다. 그곳에 얽힌 추억을 떠올리는 것만으로도 마음이 즐거워진다.

혼자만의 여행에서 만남은 덤이다.

일정 없이 다니기

나는 늘 혼자 여행했고, 앞으로도 분명 그럴 것이다.

왜냐고 묻는다면 이유는 많다.

일단 가본 적이 없는 곳을 여행하고 싶기 때문이다. 가본 적 없는 곳에서는 헤매기 마련이어서 매일 뭔가 하나씩은 문제가 생긴다. 그런 여행을 누군가와 함께할 수 있을 리 없다.

여행을 가서 일정을 정하지 않고 마음 가는 대로 걸으며 마음에 드는 거리에서 묵고 취향에 맞는 식당이나 카페를 드나들며 그곳에서 만난 현지인들과 스치는 것에서 행복을 느낀다.

아침 일찍 일어나서 조식을 잘하는 식당에 간다. 그곳에서 오늘은 뭘 먹을까 하고 멍하니 생각에 잠겨 있다가 안면을 튼 웨이트리스와 시시콜콜한 대화를 나누며 조식을 먹고 커피를 리필해 시간을 보낸다. 마음만 편하다면 얼마든지 앉아 있는다. 대부분의 사람들이 나 같은 사람과 함께하는 여행은 사양할 것이다.

숙소로 돌아와 친구들에게 엽서를 쓰거나 현지 라디오를 듣거나 책을 읽다 보면 금방 오후가 간다. 잠시 발길 닿는 대로 거리를 걷다가 공원 벤치에 앉아서 눈이 마주친 사람들과 대화를 나눈다.

저녁이 되면 자주 가는 식당에 가서 이른 저녁 식사를 한다. 다시 조식을 먹었던 카페에 가서 커피라도 마시며 멍하니 있는다.

눈 깜짝할 사이에 하루가 저문다. 밤에는 일찍 잠자리에 든다. 여행 중에도 혼자 보내는 시간은 평소와 다름없다. 나는 그런 여행이 좋다.

여행을 하면 바쁜 일상을 잊고 나다움을 되찾을 수 있다.

여행은 나를 되살린다.

단골 가게 만들기

여행지에서 맞는 첫날 아침을 무척 좋아한다.

가지고 간 러닝슈즈를 신고 크게 기지개를 켜며 심호흡을 한다. 시작이다. 한 시간쯤 마음 가는 대로 천천히 러닝을 한다.

출근하는 사람들, 큰 가방을 멘 학생들, 개점 준비를 하는 슈퍼마켓, 북적이는 커피숍 등을 관찰하며 달리다 보면 이 거리에서 어떤 사람들이 어떻게 살고 있는지 분위기를 알게 된다. 이곳저곳을 달리다 보면 내게 필요한 구역이 어디부터 어디까지인지도 알게 된다.

여행지에서 거리 풍경이나 사람들이 사는 모습을 보

고 나면 안심이 될 뿐 아니라, 여행을 알차게 할 수 있
는 비결이 되기도 한다. 그래서 여행지에서는 매일 아침
'러닝'이라는 이름의 산책을 즐긴다. 주머니에 메모지와
펜을 넣고 나만의 지도를 그려간다. 어제는 여기를 달
렸으니 오늘은 저기를 달리자. 내일은 저쪽을, 하는 식
으로.

아침 러닝에는 또 하나의 목적이 있다. 매일 아침 맛
있는 조식을 먹을 수 있는 가게를 찾는 것이다. 여행지
에서 아침 식사만큼 즐거운 것은 없다.

맛있는 아침 식사를 찾기 위해서는 일찍 일어나야 한
다. 그 수밖에 없다. 아침 7시에 붐비는 가게를 찾는다.
이 시간에 활기가 넘치는 집이라면 맛은 틀림없다.

우선 그 가게에서 가장 인기 있는 메뉴를 찾아본다.
가장 인기 있는 메뉴가 무엇인지는 먹고 있는 사람들의
테이블을 보면 알 수 있지만, 나는 늘 "어제 이 거리에
막 도착한 여행자인데요, 이 가게에서 가장 인기 있는
조식이 뭡니까?"라고 주인에게 물어본다. 그러면 주인
은 "이거나, 이거요."라고 가르쳐준다. "아, 어떤 음식인
가요?" 하고 다시 물으면 "저 쪽에서 먹고 있는 거요."라
든지 "봐요, 이거예요."라고 손님이 먹고 있는 것을 손가

락으로 가리키며 알려준다.

"가르쳐주서서 감사합니다. 나중에 또 올게요." 하고 말한 뒤 일단 가게를 나온다. 그런 식으로 맛있어 보이는 조식집 몇 군데를 봐둔 다음(대략 세 집 정도 될 것이다) 호텔로 돌아온다. 샤워를 하고 옷을 갈아입은 뒤 취향에 따라 고른 조식집에 가서 "식사하러 왔습니다."라고 인사를 한다. 가게 사람들은 내가 여행자라는 것을 이미 알고 있으므로 대부분 친절할 뿐 아니라 다정하게 말을 걸어준다.

그 조식집에는 매일 간다. 배신하지 않는다. 이것이 중요하다. 여행지에서 단골 가게가 생기는 것이다.

매일 아침 다닐 조식집을 발견하면 여행에 생활이 더해진다. 여행에 생활이 더해지면 친구가 생긴다. 여행지에서 우정을 얻는 것만 한 기쁨은 없다. 단순했던 여행이 아주 특별한 여행이 된다.

내게는 조식집 주인이나 점원 친구가 많다. 이 거리, 저 거리에.

이곳에 오면 괜찮아

닷새 동안 휴가를 내고 여행을 갔다.

하와이 섬의 힐로에 도착했을 때, 해는 이미 저물어 있었다. 숙소에 짐을 풀고 저녁 식사를 하기 위해 차를 몰았다. 호놀룰루에 이어 하와이 제2의 도시인 힐로는 밤 8시가 지나면 대부분의 가게가 문을 닫아 쥐 죽은 듯 고요해진다. 달빛을 머금은 바다가 조용히 흔들리고, 숲 속에서는 새들이 지저귀며 합창을 시작한다.

해안에서 돈대로 올라가는 언덕 중간에서 낡은 네온 사인이 점멸하는 것이 보였다. 작은 싱가포르 요리점이 었다.

'오늘은 저녁밥을 먹을 수 있겠구나.'

차에서 내려 레이스 커튼이 내려진 문을 가만히 열고 들어가니 손님은 한 명도 없었다. 으흠 하고 헛기침을 한 뒤 문을 닫았다. 그러자 부엌에서 여성의 목소리가 들렸다. 나는 "헬로우" 하고 인사를 건넨 다음, 파란 플라스틱 의자에 앉았다.

"아, 죄송합니다. 남동생인 줄 알았어요." 한 여성이 반다나에 손을 닦으며 부엌에서 나왔다. 30대 초반으로 보이는 일본계 미국인으로 경쾌한 쇼트커트에 태양에 그을린 피부, 흰 탱크탑에, 흰 앞치마가 눈부셨다.

"오늘은 하와이 대학에 케이터링을 하느라 재료를 모두 써버려서 아무것도 만들어 드릴 수가 없어요." 여성은 미안해하며 말했다. 그리고 물었다. "여행 오셨어요?"

"네. 일본에서 방금 도착했습니다." 하고 대답하자 여성은 내 얼굴을 지그시 보는가 싶더니 후우, 하고 작게 한숨을 쉬었다.

"배고프시겠네요. 괜찮으시면 같이 드실래요? 피자밖에 없지만."

내가 미안해하자 "이 시간에는 슈퍼마켓도 다 닫아서 아무것도 못 드실 텐데 어떻게 해요. 곧 오기로 한 동생 몫을 드릴게요. 동생은 다이어트를 해야 하거든요." 여성은 그렇게 말하며 쿡 웃었다. 나도 같이 웃었다. 어쩐지 오랜만에 웃는 기분이 들었다.

"자, 드세요."

배달한 피자가 도착하자 여성은 상자를 열며 자기소개를 했다.

"그레이스라고 해요. 이래 봬도 전에는 직장인이었어요. 이 가게는 돌아가신 부모님이 남기신 거예요. 할아버지가 일본 분이셨어요. 잘 부탁합니다. 힐로에는 어떻게 오셨어요?"

"휴가예요. 빈둥거리고 싶어서요. 하와이 섬을 좋아해요. 북적이는 오아후에는 서툴러서요."

"알아요. 여기에 사는 사람들이나 이곳을 찾는 사람들은 다 그래요. 숙소는 어디세요?"

묵고 있는 B&B를 알려주자 "큰 거북이 소리가 들리는 곳이에요. 어떤 분인지 알겠네요."라고 그녀가 말했다.

이런 대화를 주고받다 보니 내 안에 딱딱하게 굳어

있던 것들이 천천히 풀리는 듯했다. 어쩐지 친구 집에서 식사를 하고 있는 기분이었다.

우리는 의기투합하여, 일을 마치고 돌아온 테드라는 이름의 동생과 함께 식후 드라이브를 가기로 했다.

그레이스는 내게 특별한 장소를 알려주겠다고 했다.

우리는 힐로에서 북쪽으로 차를 몰았다. 도중에 옆길로 새 포장되지 않은 산길을 한동안 달렸다.

"여기에 차를 세워요." 하고 테드가 말했다. 전조등을 끄니 어두워서 아무것도 보이지 않았다.

"여기예요." 그레이스가 앞장섰다. 그곳은 높은 절벽 위에 있는 초원이었다.

"와아!" 하고 생각지 못한 탄성이 나왔다. 마치 달빛에 빛나는 큰 무대 같았다. 눈앞에 펼쳐진 끝없는 푸른 바다의 아름다움에 숨이 막혔다.

"이곳은 우리 부모님이 잠들어 계신 곳이에요. 그리고 힐로에서 가장 아름다운 곳이고요."

그레이스의 말을 따라 넌 곳을 바라보니 십자가와 작은 묘표가 여러 개 보였다.

"아무리 힘든 일이 있어도 이곳에 오면 괜찮아요."라

며 그레이스는 테드를 안고 뺨에 키스했다.

"이곳은 낮에도 아름답지만 오늘처럼 달이 있는 밤이 훨씬 예뻐요." 하고 테드가 말했다.

두 사람은 초원에 누워 밤하늘을 올려다봤다. 나도 누웠다.

내가 "고마워요."라고 말하니 그레이스는 "오늘은 피자밖에 없어서 미안했어요."라고 말했다.

"나는 배고픈데." 테드의 말에 우리 모두 웃음을 터뜨렸고, 그 순간 별 몇 개가 눈앞에서 선을 그리며 흘러갔다.

좋은 일이든 그렇지 않은 일이든, 내게 일어난 모든 일에 진심으로 고맙다고 생각하며 감사의 말을 반복했다.

호시절의 하와이 문화가 지금도 남아 있는 도시 힐로는 이렇게 내게 특별한 장소가 됐다. 나는 그 장소에서 치유받았고, 여행을 마친 뒤 평소의 일상으로 돌아왔다.

반짝반짝 새로워진 나를 느끼고 있다.

아름다운 것

파리의 변두리에서 커다란 쇼윈도가 있는 상점을 발견했다. 인적이 드물어 약간 쓸쓸한 곳이었다.

쇼윈도에는 웨딩드레스가 진열되어 있었다. 저녁이 되어 하늘이 붉게 물들자 상점 조명에 불이 켜지며 웨딩드레스가 어둠 속에서 떠오른 것처럼 보였다. 쇼윈도는 한 장의 그림 같았고, 새하얀 웨딩드레스는 무대에 오른 유희처럼 무척이나 아름다웠다.

누군가 걸어왔다. 일을 마치고 돌아오는 젊은 여성이다. 지친 발걸음에 어깨에는 무거워 보이는 가방을 메고 있다. 여성은 쇼윈도에 눈길조차 주지 않고 지나쳤다. 거리의 비둘기가 가까이 다가온 여성을 알아차리고 푸드득 날았다.

문득 정신을 차려보니 아까 스쳐 지났던 여성이 쇼윈도 앞에 서 있다. 여성은 웨딩드레스를 올려다봤다. 5분, 아니 10분 정도 웨딩드레스를 가만히 바라본다.

여성은 가방에서 노트와 펜을 꺼내고 위를 봤다가 노트를 봤다가를 반복하며 무언가를 그리기 시작했다. 웨딩드레스를 그리고 있다는 걸 알 수 있었다. 30분 정도 지났을까.

여성은 그리기를 마치고 아까보다 꽤 가벼워진 발걸음으로 그곳을 떠났다. 여성의 뒷모습이 마치 웨딩드레스를 입고 걷는 것 같았다. 하늘이 푸른빛을 띠더니 밤이 됐다.

나는 여성의 뒷모습을 사라질 때까지 바라봤다. 아름다운 것을 본 감동으로 가득 차서.

한 걸음 물러나서 보기

여행을 무척 좋아한다. 좋아하는 일이나 싫어하는 일, 하고 싶은 일, 할 수 있는 일, 하지 못하는 일. 보통의 일상은 마음속 서랍 안에 넣어두고 나다움과 일대일로 마주하는 여행을 하고 나면 기분이 좋아진다. 여행지에서 빈둥거리거나 왁자지껄 즐긴 다음 나다움이 천천히 돌아오는 것을 느끼는 게 좋다.

그래 맞아. 내 웃는 얼굴이 이랬었지.

그럴 때 생각한다. 역시 여행은 좋다고.

여행은 좋아하는데, 비행기를 잘 못 탄다는 게 옥에

티다. 구름 위를 난다는 상상만으로도 온몸이 떨리고 몸이 굳는다. 실은 너무 무섭다. 기내에서 잠이라도 잘 수 있으면 좋으련만 하필 쉽게 잠도 못 이루는 체질이다. 정말이지 나란 사람이란.

내게는 비행기를 타는 것이 가장 신경 써야 하는 일이다. 그래서 기내에서 최대한 쾌적하게 있을 수 있도록 여행 준비에 만전을 기한다. 긴장을 풀 수 있는 실내복, 좋아하는 책이나 잡지, 아로마 오일, 소리를 차단해주는 헤드폰, 안대, 감촉이 좋은 타월까지 구비한다.

비행 중 기체가 흔들릴 때 특히 더 무섭다. 운 좋게 흔들림이 전혀 없을 때도 있지만 화들짝 놀랄 만큼 크게 흔들릴 때도 있다. 비행기란 흔들리지 않을 때보다 흔들릴 때가 더 많다. 강한 흔들림이 계속될 때는 숨이 멎을 만큼 무서워서 눈도 뜨지 못한다.

그러나 사람은 대단한 동물이다. 정말 힘들 때에도 헤쳐나갈 방법을 필사적으로 생각한다.

물이 담긴 컵이 넘어질 정도로 흔들리기 시작하자 나는 이렇게 대처했다.

먼저 눈을 감고 허리를 곧게 펴고 앉는다. 그리고 내가 파일럿이라고 상상한다. 눈앞에 큰 구름층이 보이자 비행기를 조종해 능숙하게 피한다. 급상승이나 급하강을 해도 당황하지 않는다. 조종간을 꽉 잡고 어떻게든 기체를 지킨다. 이런 식으로 몰두해 비행기를 조종하는 기분이 되면 어느새 흔들림도 온전히 받아들이게 된다.

요컨대 문제가 생겨 곤란해졌을 때는 다른 사람에게 맡기지 말 것. 그것이 상상이라 해도 내가 당사자라고 생각하면 어떻게 대처할지 몰두하게 되면서 공포를 잊고 냉정해질 수 있다. 무슨 일이 생겼을 때 그 상황에서 도망치지 않고, 열심히 궁리해 정면으로 부딪히는 아슬아슬한 곡예 같은 것이랄까.

일상이나 일에서 잘 못하는 것이 있더라도 도망치거나 피하려 하지 말고 정면으로 부딪히는 대신, 한 걸음 물러나 나를 객관적으로 보자. 그러면 불안이나 공포가 즐거움이 될 수도 있다.

이런 상상은 여러 상황에서 쓸 만하다.

등을 곧게 펴고

황금빛 아이들의 수다에 귀 기울이며 걷는 가을 산책을 좋아한다.

은행나무 열매가 잠에서 깨 여행길에 오를 날을 기다릴 무렵일 것이다.

스무 살 때, 뉴욕의 웨스트 73번가에 있는 작은 아파트에서 살았던 나는 매일 아침 10시에 센트럴파크를 산책하는 것이 일과였다.

그때는 일상이 퍽 단조로웠기 때문에 그런 나날 가운데 악센트가 필요했다.

이웃이나 도어맨, 커피숍의 점원, 개를 산책시키는 부인, 거리를 청소하는 사람 등 매일 아침 오가는 산책길에 인사를 건네는 사람이 점점 늘면서 여행자였던 나는 어느새 생활자가 됐다.

산책이 일과가 된 지 일주일쯤 지났을 때, 한 여성과 만났다.

나는 늘 스트로베리 필드 쪽 입구로 공원에 들어섰다. 그 여성도 대체로 같은 시간에 그 입구를 통해 공원에 들어갔기 때문에 자연스럽게 얼굴을 알게 되었고, 같은 일본인이었던 덕에 말을 섞게 됐다.

"날씨가 좋네요."

"그렇군요."

"그 커피 어디에서 샀어요?"

"저기 모퉁이에서요."

"아주 괜찮네요."

"당신 재킷도요."

"산책 나오신 거예요?"

"네."

우리는 곧바로 산책 친구가 됐다. 그리고 비가 오나 바람이 부나 산책을 빠뜨리지 않았다.

그녀는 나보다 한 살 연상으로 뉴욕에서 패션 공부를 하고 있었다. 앞머리를 짧게 자른 쇼트커트와 세련된 꼼데가르송 옷맵시, 무엇보다 늘 윤이 났던 검은색이나 갈색 가죽 구두가 무척 근사했다.

어느 날, 옷맵시를 칭찬하자 그녀가 말했다.

"멋 내기에 가장 중요한 건 자세라고 생각해요. 무슨 옷을 입었든 등을 곧게 펴고 가슴을 쫙 펴고 걷는 거예요."

그녀는 조금 부끄러워하며 가을 하늘을 올려다봤다. 나는 그녀를 짝사랑했다.

한겨울처럼 추운 아침이었다. 평소와 다름없이 스트로베리 필드에서 출발해 함께 걷기 시작했을 때 그녀는 "춥네요." 하고 말하며 자신의 손을 슬그머니 내 코트 주머니에 넣고는 내 손을 꽉 잡았다. 처음으로 잡은 그녀의 손은 작았고 손가락은 가늘었다.

"응. 오늘 아침은 춥네요."라고 대답하며 나도 그녀의 손을 꼭 잡았다. 울긋불긋한 낙엽을 밟는 소리를 들으며 걷던 그녀는 때때로 내 손을 고쳐 잡았고 어찌된 영문인지 말이 없었다.

그날 이후로 그녀와 만나는 일은 없었다. 며칠 뒤, 한

통의 편지가 도착해 마지막 산책을 했던 날 오후에 그
녀가 귀국했다는 것을 알았다.

나는 편지를 코트 주머니 안에 넣은 채 등을 곧게 펴
고 센트럴파크를 산책했다. 잘 닦은 구두를 신고.

잊어도 좋아

파리에서 브뤼셀로 여행하던 우리는 사랑을 하고 있었다.

열차는 비어 있었다. 통로를 사이에 두고 반대편 좌석에 앉은 기품 있는 부인이 창밖의 풍경을 멍하니 바라보며 작은 목소리로 노래를 흥얼거렸다.

문득 눈이 마주쳐 "노래가 참 좋네요. 무슨 노래에요?"라고 말을 걸자 부인은 "어머, 부끄러워라. 〈티포투 Tea For Two(둘이서 차를)〉라는 곡이에요. 두 분 같은 커플을 노래한 옛날 재즈곡이지요."라며 수줍어하며 알려주었다.

브뤼셀에서는 사흘을 보냈다. 식사를 하며, 거리를 걸으며, 숙소 창문으로 풍경을 바라보며, 광장의 벤치에 앉아 멍하니 시간을 보내며 우리는 〈티포투〉의 멜로디를 흥얼거렸다.

잊을 뻔했던 사랑의 추억이 이렇게 문득 떠오를 때가 있다. 누구에게 이야기한 것도 아니고 내 안에서만 드문 드문 영상이 되었다가 사라졌다가 다시 나타나기를 반복한다. 끝난 사랑은 늘 눈부신 빛을 내뿜고는 마음 한 구석 서랍 속에 다시 조용히 잠든다. 끝난 사랑이 슬픔보다 그리움을 남기는 것은 왜일까.

잊으려 해도 잊지 못하는 것이 누구에게나 있다. 어째서 잊지 못하는 것일까. 그 일이 내게 무척 소중해서 그것을 잊는다는 것은 어떤 의미에서 나를 부정하는 일이기 때문이 아닐까. 그렇다면 소중한 것이란 무엇일까. 분명 내가 진심으로 아끼는 추억이라는 뜻일 것이다.

나는 이렇게 생각한다. 어쩔 수 없다고. 나는 그 일을 사랑하고, 사랑하는 일을 사랑하지 않는다고 말하는 것은 무리이며, 잊는 일 따위 불가능하다고.

멋진 일만 추억이 되는 것이 아니라 힘들거나 슬픈

일도 추억이 된다. 힘들거나 슬픈 일일수록 추억으로서
더 사랑하게 되는 것이 아닐까.

　나는 오늘 운전을 하며 〈티포투〉를 흥얼거렸다. 그 무
렵의 사랑을 떠올렸다. 그리고 그날, 파리에서 브뤼셀로
향하는 열차 안에서 만났던 부인은 〈티포투〉를 흥얼거
리며 어떤 사랑을 추억하고 있을지 생각했다.

　근사한 여성이었다.

비밀의 장소

뉴욕을 방문하면 나는 늘 버그도르프 굿맨 백화점에 간다. 고급 백화점으로 알려져 있지만 내게는 비밀의 장소다. 북측 엘리베이터를 타고 5층까지 올라가면 매장에서 떨어진 조용한 엘리베이터 홀에 도착한다. 조금 어둡고 인적도 드문 그곳에는 길다란 창문을 통해 반짝반짝 불빛이 비친다.

아주 옛날. 내가 뉴욕에 문외한이던 시절, 살던 아파트 근처 카페에서 일하는 아야라는 이름의 이스라엘인 여자 아이와 함께 우리에게는 어울리지 않는 5번가를 산책한 적이 있다. 매일 쓸쓸한 생각만 하던 그 무렵에 어떻게 그녀와 산책을 함께하게 됐는지는 기억이 나지 않지만 우리는 크리스마스 전 눈부시게 아름다운 뉴욕의 번화가를 터벅터벅 걸었다.

"내가 가장 좋아하는 비밀의 장소를 알려줄게."

아야는 그렇게 말하며 내 손을 잡고 버그도르프 굿맨의 도어맨이 있는 문으로 당당하게 걸어 들어갔다. 엘리베이터를 타고 5층으로 올라가니 "여기야. 봐, 여기서 보이는 풍경을 봐." 하고 말하며 길다란 창문 너머로 보이는 풍경을 향해 내 등을 떠밀었다. 저녁을 갓 넘긴 뉴욕의 거리에서는 황금빛 하늘 아래 별이 흩뿌려진 듯 경관 조명이 춤추듯 빛나고 있었다. 무척 아름다웠다.

"저기 봐. 크리스마스트리야."

센트럴파크 맞은편의 고급 아파트 창에서는 천장 조명이 켜진 방 안에 빨갛고 파란 작은 조명이 반짝이는 크리스마스트리가 보였다.

"마차가 간다."

아야는 5번가를 지나는 마차를 가리켰다. 하늘빛이 푸르게 바뀌는 가운데 우리는 뉴욕의 크리스마스에 정신없이 빠져들었다.

"여기는 내가 가장 좋아하는 뉴욕의 풍경이 보이는

곳이야. 나만 아는 장소야. 너에게 특별히 가르쳐줄게. 아, 참. 이건 크리스마스 선물. 메리 크리스마스!"

그렇게 말한 아야는 소녀처럼 킥킥 웃고는 유리창에 얼굴을 가까이 대고 "저런 곳에 작은 개가 있어!"라고 외쳤다.

"아야, 여기는 혼자 와?" 하고 내가 묻자 "응." 하고 대답했다.

그 뒤로도 두 번, 아야와 버그도르프 굿맨의 비밀의 장소를 방문해 무슨 대화를 나누는 일도 없이 그저 풍경을 바라보는 한때를 즐겼다. 그때, 하얗게 눈 덮인 뉴욕을 바라보는 아야의 눈에 눈물이 그렁했다. 나는 아무것도 묻지 않았다. 그때가 아야와 만난 마지막 날이었다.

내가 영어를 더 잘했더라면 달라졌을지도 모르지만, 나와 아야는 손을 잡은 것도, 키스를 나눈 것도 아닌데 무언가 통하는 신기한 관계였다.

내가 지금도 비밀의 장소를 방문하는 이유는 혹시 아야가 그때처럼 창에 얼굴을 가까이 대고 거기에 서 있을지도 모른다는 기대 때문이다.

지금이라면 내 마음을 영어로 조금 더 잘 전달할 수
있을 텐데.

　나는 아야와 조금 더 이야기하고 싶었다.

Chapter 3

누군가를 위해

서른 통의 부적

고독이 삶의 조건이라는 것은 안다. 고독을 받아들이기 때문에 사람에 대한 마음이 생기고 다정해진다는 것도 안다. 그래, 그래서 누군가를 사랑하는 게 가능하다는 것도.

하지만 고독에도 종류가 있어서 나를 한없이 끌어내리는 고독은 꽤나 괴롭다. 바닥까지 끌어내리면 그나마 낫지만, 그 와중에 일상이나 업무를 이어나가야 하는 고독은 가슴을 바싹바싹 쥐어짠다.

누구나 한두 번은 그런 적이 있을 것이다.

요전 날, 인터뷰 중 내 가방 안을 보고 싶다는 질문을 받았다. 가방 안에 값나가는 물건이 있을 리 없었지만, 약 서른 통 남짓의 편지 다발을 꺼내자 상대방은 놀라움을 감추지 못했다. 웬 편지를 그렇게 갖고 다니냐는 물음에 나는 이렇게 대답했다.

"편지 다발은 내게 부적입니다. 뭐라고 표현해야 좋을지 잘 모르겠지만, 이 편지는 한 통 한 통이 모두 나를 격려해주고, 나를 인정해주고, 내가 필요한 존재라는 사실을 깨닫게 해주는 것들입니다. 이 편지 다발은, 말하자면 수많은 아군인 셈이지요."

편지에는 쓴 사람의 마음이 영원히 사라지지 않고 남아 있어 응원이 된다.

아무리 힘든 고독도 아무것도 아니라고 생각하게 해주는 강력한 부적이다.

정성껏 듣기

멋진 사람일수록 다른 사람의 이야기를 잘 듣는다는 생각이 최근 자주 든다.

시시콜콜한 이야기든 업무 이야기든 또는 다소 어려운 의논 건이어도 잘 들어주는 사람과 대화를 나누면 자연스럽게 마음이 열려 행복한 기분이 된다. 그 상태로 한없이 이야기 나누고 싶은 마음이 든다.

이야기를 잘 들어주는 지인 중에 A씨라는 여성이 있다. 30대에 기혼인 A씨는 직장 생활과 육아를 병행하며 바쁜 나날을 보내는 분이다.

우리가 만나는 것은 늘 점심시간 한 시간이다. 한두 달에 한 번꼴로 가볍게 만난다. A씨는 자리에 앉자마자 내가 묻기 전에 자신의 근황을 들려준다. 듣다 보면 어느새 나에 대해 이것저것 자연스럽게 말하게 된다. A씨가 그런 분위기를 만들어준다.

내 이야기에 대한 그녀의 반응은 "아." 또는 "그렇군요."가 아니다. 적절한 타이밍에 의견을 드러내면서도 조용히 감동했다는 것이 전해진다. 조용히 감동한다는 것이 상당히 묘한데, 소란을 피우지 않으면서도 내 말을 정성껏 받아들이고 있다는 느낌이 전해진다. 보통 식당에서 대화를 하기 때문에 그런 마음 씀씀이는 중요하다. 대충 듣고 넘기는 것이 아니라, 화제가 무엇이든 흥미를 갖고 잘 들어준다는 것만으로도 기쁘다.

잘 듣는다는 것은 감동을 잘하는 것과 같다. 예를 들어, 내가 조금 부끄러운 이야기를 하더라도 작은 부분에서 감동해주니 이런저런 이야기를 계속하게 된다. 심지어 나와 다른 의견을 말하더라도 기본적으로 긍정하는 자세로 들어주기 때문에 껄끄럽지 않고 안심이 된다.

A씨와 내가 연애를 하는 사이라면 그럴 법도 하지만 우리는 그런 사이가 아니다. 그렇기 때문에 더욱 그녀의

태도가 마음에 스며든다. 자상함, 마음 씀씀이, 애정 등 사람에 대해 가질 수 있는 소중한 마음가짐을 모두 갖춘 상태에서 들어준다고 말해도 좋을 것이다. 내가 듬성듬성 이야기해도 나 대신 웃고 울고 화를 내주고, 심지어 내가 표현하고 싶지만 표현하지 못한 모호한 문제들을 "이런 말을 하고 싶은 거죠?"라며 명확하게 짚어주기도 한다.

내 생각과 꼭 같은 대답을 들려주는 것은 덤이다. 사람은 누구나 커뮤니케이션을 할 때, 나와 같은 의견을 가진 사람을 만나고 싶어 하는데 A씨는 여기서 한 발 더 나아가 그 핵심을 기분 좋게 꼭꼭 짚어주기까지 한다.

A씨는 지금 엄청난 성공을 거두며 크게 활약하고 있다. 타인의 이야기를 잘 들어주고 많은 사람과 신뢰를 쌓은 결실일 것이다. 나는 A씨를 만날 때마다 잘 듣는 것의 중요함을 배운다.

"저는 그저 사람을 좋아하고 호기심이 왕성할 뿐이에요."라고 A씨는 말한다.

너무나도 근사한 생활 태도다.

필요한 것은 즐거움

다 함께 큰 소리로 아름다운 멜로디를 연주하고 싶다. 이것이 일과 가정에서 나의 목표다.

직장인이든 프리랜서든 저마다 나름의 근무 환경에 둘러싸여 일하는데, 혼자서는 아무리 열심히 해도 낼 수 있는 소리의 크기가 뻔하다. 게다가 혼자 멜로디를 연주하면 소리가 작은 만큼 듣는 사람의 수도 적다. 그러나 여러 명이 함께 내는 소리는 혼자 내는 소리와는 비교가 되지 않을 만큼 크고, 그런 소리로 연주한 멜로디는 많은 사람의 귀에 닿아 마음을 강하게 흔드는 아름다움을 내뿜는다.

집에서도 마찬가지다. 혼자서 소리를 내는 것보다 가족 모두가 마음을 모아 소리를 내고 함께 멜로디를 연주하면 기쁨이 크다.

어떻게 하면 함께 큰 소리로 아름다운 멜로디를 연주할 수 있을까. 나는 그 방법을 배우고 싶었다.

멜로디를 연주하기 위해서는 지휘자가 필요하다. 지휘자는 사장일 수도 있고 리더일 수도 있다. 아버지나 어머니, 파트너일 수도 있다. 뛰어난 지휘자 아래에서 소리를 내는 연주자는 모두 입을 모아 이렇게 말한다.

"하여튼 엄청 즐거웠다."라고.

그렇다. 함께 큰 소리로 아름다운 멜로디를 연주하기 위해서는 즐거움이 필요하다.

세계적으로 유명한 연주자인 오자와 세이지 씨는 연주자 각자가 연주하고 싶은 마음이 들도록 틀을 갖추는 것이 지휘자의 중요한 역할이라고 말했다.

맞는 말이다. 즐겁다는 것은 자유로운 것이다.

그 사람을 생각하는 것

통썰기라는 말을 아는지?

얼마 전 '일본요리 간다日本料理 神田'를 운영하는 간다 히로유키 씨에게 배운 썰기 방법이다.

일본어로 '통썰기'는 寸切り라고 쓰는데, 寸이란 약 3센티미터로, 한 치를 이르는 길이의 단위이고 切り란 썬다는 뜻이다. 주로 채소를 써는 크기를 가리킬 때 쓰는 말로, 채소는 3센티미터 길이로 써는 것이 기본이라는 뜻이다. 검지와 중지를 벌린 폭이 대략 한 치라고 보면 된다. 어떤 식재료든 통썰기를 하거나 그보다 작게 썰어야한다. 왜 그럴까?

"아이부터 어른에 이르기까지 평균 입의 크기가 한 치입니다. 통썰기는 먹는 사람의 입장에서 가장 먹기 쉬운 크기로 써는 것입니다. 요리는 맛이나 겉모습보다도 먹기 쉬운 것이 가장 중요합니다."라고 간다 히로유키 씨는 가르쳐주었다.

먹기 쉬운 크기로 써는 것이 기본이라는 마음가짐에 나는 깜짝 놀랐다.

일이나 일상에서 상대방의 편리를 위해 애써 작은 수고를 들이거나 마음을 기울여도 실제로는 잘 드러나지 않아 상대방이 알아차리지 못하는 때도 있다.

하지만 드러나지 않은 배려가 상대방을 알게 모르게 기분 좋게 만들고 이것이 요리에서는 맛있음으로 연결된다. 일상에서는 괜히 기분이 좋아진다거나 쾌적함, 즐거움으로 연결된다.

어떤 일에도 그 끝에는 반드시 사람이 있다. 그 사람을 생각하며 작게 배려할 수 있는 아이디어를 연구하다 보면 언젠가 그것이 기본이 된다.

기본이 기본인 이유는 그 안에 사람에 대한 애정이 숨어 있기 때문이다.

기본은 사랑의 모습을 하고 있다.

어떻게 고를까

　일흔다섯 살이신 어머니와 둘이서 쇼핑을 갔다. 혼잡한 인파 속에서 내 앞을 씩씩하게 걷는 어머니의 뒷모습을 보며 둘이서 쇼핑을 하는 게 몇 년 만인지 생각했다. 걸음걸이는 하나도 달라지지 않았는데 어머니의 등과 어깨는 작아 보였다.

　어릴 때, 근처 상점가로 저녁 반찬을 사러가는 어머니를 따라가는 게 좋았다. 어머니는 앞치마를 허리에 두른 채 외출을 했다. 상점가를 한 바퀴 천천히 걸으며 오늘은 무엇이 좋고 무엇이 신선하고 무엇이 저렴한지 꼼

꼼히 확인한 뒤에 어디서 무엇을 사자고 말했다. 단골인 채소 가게나 정육점 주인과 세상 돌아가는 이야기를 하면서 그날의 온갖 정보를 모으는 것이 어머니의 스타일이었다.

마지막 장보기가 끝나면 "자, 이걸로 좋아하는 것을 사오렴." 하고 돈을 주셨다. 50엔이었다. 50엔으로 무엇을 고를까. 그것이 내 즐거움이었다. 과자가게, 문구점, 빵가게 등 그날의 기분에 따라 가게를 고르고 무언가를 하나 샀다.

"오늘은 이걸 샀어요."라고 어머니에게 보여주면 "잘했네." 하시며 웃는 얼굴로 머리를 쓰다듬어주셨다. 돈이 부족해 갖고 싶은 걸 사지 못할 때는 다음 날 똑같이 해 100엔을 만들어 사고는 했다. 그런 방법도 어머니가 가르쳐주셨다.

어머니는 장보기를 통해 많은 물건들 중에서 무엇을 어떻게 골라야 하는지 가르쳐주셨다. "자, 골라보렴." 하고 말하는 게 어머니의 입버릇이었다.

백화점에서 여는 명화 전시회에 가면 반드시 "어떤 그림이 좋니?"라고 물으시고 "저 그림 좋은데요."라고 대답하면 그 그림의 엽서를 사주었다. 덕분인지 몰라도 어른이 된 지금 나는 고른다는 행위에 대해 다른 사람보다 배는 빠르다. 언제나 오감을 동원해 정보를 수집한 다음 "이 중에서 하나를 고르면 되겠군." 하고 후보군을 만들어 물건을 보는 법이 몸에 익었다. 식당에서 주문을 할 때도 너무 빨라서 함께 간 사람들이 놀라기 일쑤다.

모처럼 어머니와 쇼핑을 하기 위해 어머니가 가고 싶으시다는 이세탄 백화점에 갔다. 그날은 부인복 판매장을 둘러봤다. 천천히 보며 걷는 것은 옛날과 하나도 달라지지 않았다. 점원과 적당히 인사를 하고 이런저런 대화를 나눈 다음 "또 올게요. 감사합니다."라고 말하고 다음 매장으로 간다.

어머니는 한 바퀴를 돌고 이렇게 말씀하셨다. "뭐 하나 골라봐." 나는 놀랐다. 어머니는 지금까지 자신의 물건을 다른 사람에게 고르게 한 적이 없으셨기 때문이다.

"어머니 옷을요?" 하고 물으니 "응." 하고 대답하셨다. 어머니는 "고르는 데에 너무 오래 걸려."라는 눈으로 나를 봤다. 그 연세에 설마 나 어릴 때처럼 고를 수 있을 거라고는 생각하지 않았지만, 어머니가 입을 옷을 고르는 일은 무척 어려웠다.

나는 봄 분위기가 물씬 나는 꼼데가르송의 드레스를
골랐다. 어머니는 "고맙다. 이걸로 하자."라며 옷을 사셨
다. 그렇게 좋아했던 어머니와의 쇼핑이었지만 이날을
기점으로 조금 무서워졌다.

하지만 기뻤다. 무척.

재미있는 사람

"어떤 스타일의 사람을 좋아해요?"라고 질문을 받으면 많은 사람들이 뭐라고 대답할까?

자상한 사람, 세련되고 멋진 사람, 일을 잘하는 사람 등 취향은 여러 가지일 것이다.

내가 좋아하는 스타일은 재미있는 사람이다. 남녀를 불문하고, 함께 있으면 자리가 환하게 밝아지고 모두를 웃게 만드는 재미있는 사람을 무척 좋아한다.

물론 분위기를 읽을 줄 아는 사람이어야 한다. 그렇지 않다면 웃긴 말에도 웃을 수 없게 되어 오히려 폐를 끼치게 된다. 장소에 따라서는 재미로 한 말이 화를 부르기도 한다.

그렇게 생각하면 재미있는 사람은 곧 직관력이 좋고 눈치가 빠른 사람이다. 재미있는 말을 하려면 지식도 어느 정도 풍부해야 하고 눈치 빠르게 농담을 섞을 줄도 알아야 한다. 그러고 보면 재미있는 사람이란 머리가 좋은 사람일 것이다. 다른 사람을 웃게 하려면 폼을 재서는 안되기 때문에 서비스 정신도 중요하다.

여성의 경우 재미있는 사람이 되는 비결 중 하나는 말투에 있다. 곁에 말투가 재미있는 사람이 분명 있을 것이다. 독설이든 과장해서 말하든 나름대로 재미가 있다. 이 둘의 공통점이라면 둘 다 한없이 밝은 사람이라고 할까. 천진난만함도 꽤 재미를 준다.

기운이 없을 때 특효약은 웃는 것이다. 많이 웃으면 싫은 일이나 고민했던 여러 가지 일들이 단번에 날아가 다시 기운이 난다.

내 곁에 있어주는 재미있는 사람에게 말해주고 싶다.

늘 고맙습니다. 정말 좋아합니다. 부럽습니다.

대화의 포인트

파트너나 부부, 친구, 업무 관계에서 늘 중요한 것은 커뮤니케이션이다. 아무 말도 하지 않은 채 알아주었으면 하고 바라는 태도는 무례하다. 무례함은 갈등의 원천이다.

그걸 알면서도 인간관계에서는 늘 문제가 생긴다. 어떻게 해야 좋을까.

나는 늘 상대방과 대화하려고 노력한다. 대화가 없어지면 어디선가 문제가 생겨 썩기 시작한다. 무시해서는 안 된다.

대화의 포인트는 현재와 미래, 양쪽을 모두 말할 수

있도록 마음을 써야 한다는 것이다.

먼저 지금 내가 생각하는 것, 고민하는 것, 지향하는 것, 품고 있는 문제를 솔직하게 말한다. 내 일을 상대에게 말하면 상대방도 자연스럽게 자신의 생각을 말한다. 대화의 내용에 관심을 기울임으로써 서로를 한층 잘 알 수 있다. 그다음, 내가 바라는 것이나 그리고 있는 미래를 말한다. 즉 지금은 이러하니 나중에는 이렇게 하고 싶다는 미래적인 대화이다.

소중한 사람의 현재와 미래를 알면 안심할 수 있다. 그렇게 하면 신경 쓰이던 작은 일도 용서하거나 받아들일 수 있게 된다.

나와 상대방 사이에서 불쑥 생겨난 '불안'이라는 요소를 대화를 통해 없앨 수 있는 만큼 없애면 문제는 일어나지 않는다.

대화의 목적은 상대방이 '모르는 점'이 없게 해 '안심'하게 하는 것이다. 자, 이제 그 사람과 대화를 해보자.

만날 수 있으면 만나고 싶다

"만날 수 있으면 만나고 싶다."는 말을 좋아한다.

무척 근사한 말이다. 직접적으로 만나고 싶다고 말하는 것은 조금 부끄러우니 한 번 에두른다고 할까. 조금 물러나서 "혹시 만날 수 있으면 꼭 만나자."라는 마음을 담아 쓰는 말이다.

"만날 수 있으면 만나고 싶다."는 보통 "만나고 싶다."고 말하는 것보다도 강한 말이라고 생각한다. 재촉하는 듯한 적극적인 모호함 안에는 상대가 쉽게 대답할 수 있게 하는 분위기도 담겨 있다. 그래서 쓰기 쉬운 말이다.

그런데 이 말의 본질은 "당신이 좋으니 만나고 싶다." 라고 생각한다. 어떤가? 그런 식으로 느껴지지 않는가? 연애 감정만이 아니라 사람으로서 좋아한다는 의미도 포함되어 있다.

나는 "만날 수 있으면 만나고 싶다."는 말을 들으면 무척 기쁘다. '와, 정말?' 하고 속으로 감탄한다. '만날 수 있으면'이라는 부분에 배려도 느껴져서 좋다.

언어를 쓰는 것은 마음을 쓰는 것이라고 늘 생각한다. 평소 당연하게 사용하는 말에 얼마나 마음이 움직일 수 있을까. 내용이 어떻든 들으면 기쁠지 슬플지 생각하는 것은 중요하지 않을까.

말 한마디로 사람은 하늘을 날 수도 있고 나락으로 떨어질 수도 있다. 그러니 언어를 쓸 때는 조금 더 마음을 써야 한다. 정중하기만 하면 되는 것이 아니다.

누구든 좋아하는 사람이 있을 것이다. 언젠가 그 사람에게 "만날 수 있으면 만나고 싶다."라고 말해보자. 만날 수 없어도 분명 마음은 통할 테니까.

독서의 묘미

사랑이란 서로의 얼굴을 바라보는 것이 아니라
함께 같은 곳을 보는 것이다.

— 생텍쥐페리

오늘 어떤 책을 읽다가 이런 멋진 글귀를 만났다. 몇 번이나 읽은 책인데 어째서 이제야 이런 글귀를 만났을까.

오늘 읽은 책은 앤 머로 린드버그의 《바다의 선물》*이다. 20대 때부터 여러 번 읽어온 책이라 오래 사귄 친구 같은 느낌이다.

언제 읽었느냐에 따라 새로운 것을 만나고 발견할 수 있는 것도 독서의 묘미다. 그렇게 생각하면 역시 책과의 관계는 사람과의 관계와 비슷하다. 첫눈에 반하기도 하고 좀처럼 친해지지 못하기도 한다. 오래 알고 지내서 척 하면 알기도 한다. 싸우기도 하고 헤어지기도 한다.

《바다의 선물》은 평범한 가정주부가 생활에서 멀어져 한 섬의 해변에 혼자 남게 되면서 집이나 물건, 자신과 아이, 남편과 인간관계 등에 대해 앞으로 어떤 자세를 가질지, 앞으로의 인생을 어떻게 살지 생각한 것을 엮은 에세이다.

나는 남자지만, 작가가 쓴 문장에 나를 겹쳐놓고 읽으며 스스로 생각하는 것이 얼마나 소중한지 깨달았다. 어려운 표현 없이 솔직하고 쉬운 문장도 무척 좋았다.

이 책에서 만난 글귀를 하나 더 소개한다.

"나는 간소한 생활을 바라며, 소라게처럼, 아무것도

---

* 원서 제목은 《Gifts From the Sea》로 미국의 비행사 겸 작가였던 앤 머로 린드버그(Anne Morrow Lindbergh, 1906년~2001년)는 1950년대 초 플로리다에서 휴가를 보내는 동안 이 책을 썼다. 국내에서는 번역 출간되지 않았다. -옮긴이

없이 옮겨 다닐 수 있는 고동 안에 살고 싶다."

이 문장이 좋다면 이 책을 읽어보기를. 꼭.

선물 가설

'선물 가설'에 대해 알고 있는지? 나는 이 가설을 알았을 때, 어쩐지 마음이 따뜻해졌다.

선물 가설에 따르면, 우리의 조상들은 과일이나 열매를 따 운반하게 되면서 직립보행을 시작했는데, 특히 수컷이 암컷에게 돋보일 목적으로 식재료를 선물하기 위해 두 발로 서서 걷기 시작했다는 것이다. 말하자면, 인류는 연애를 하고 싶어서 직립보행을 한 것이다.

그 전까지는 다른 수컷과 싸워 쟁취했던 암컷에게 어느 순간부터 음식을 선물하여 마음을 얻기 위해 노력했다니, 그야말로 사랑의 시작이다.

그전까지는 직립보행을 하지 않다가 양 손에 선물을 들고 암컷이 있는 곳으로 가고 싶어서 서서 걷기 시작했다는 점이 더없이 인간다워서 좋다. 그 연결선의 끝자락에 지금의 우리가 있다. 암컷의 마음을 사로잡고 싶은 마음이 인류의 진화를 이루어냈다는 사실이 무엇보다 멋지다. 누군가를 위해 무언가를 하려는 마음이 인류를 진화시켰다는 사실이 반갑다.

나는 다른 사람에게 선물하기를 좋아한다. 쑥스럽지만 여성에게 선물하는 것을 더 좋아한다. 어쩌면 내 머리나 몸 안 어딘가에는 인류의 조상을 닮은 무언가가 다른 사람보다 더 많이 남아 있는지도 모른다. 그렇다면 그것대로 재밌다.

인간이 직립보행을 하게 된 이유는 식재료를 많이 갖게 되면서 또는 도구를 사용하기 위해서 등 여러 가지 설이 있지만 나는 이 '선물 가설'을 믿는다.

곁에 있어준다는 것

친한 사이라고 할 때 친하다는 건 뭘까, 라는 생각에 잠겨 있으려니 친구와 파트너, 가족의 얼굴이 떠올랐다. 당연한 사실이지만, 친한 사람이 한 명이라도 있다는 것은 무척 행복한 일이고 마음에 상당한 의지가 된다.

나와 친한 사람들을 나는 어떻게 대하고 있는가. 어떤 식으로 사귀고 있는가 문득 생각해보니 너무 제멋대로 굴고 있다는 생각이 들었다. 염치없다 싶은 생각에 마음의 빚을 진 기분이 들어, 제멋대로인 내 행동을 억누르는 데에서 그칠 것이 아니라 상대방의 마음을 더 많이 생각해야겠다고 반성했다.

친하기 때문에 나도 모르게 응석을 부린다. 서로 응석을 부리고 같이 받아준다면 괜찮은 건가 싶기도 하지만, 친하다는 것이 함께 응석 부리고 함께 무례한 말을 주고받는 것인가 생각하면 조금 다른 것 같다.

친한 사람에 대해 가질 수 있는 가장 근사한 마음가짐은 뭘까. 기쁘다는 것은 뭘까. 그때 문득 떠오른 것이 '곁에 있어준다.'는 말이다.

곁에 있어주는 것. 무슨 일이 있든 항상 곁에 있어주는 것. 친한 사이란 이렇게 곁에 있어주는 사이가 아닐까.

이를테면 일상이나 일에서 고독을 느끼거나 또는 너무나 지친 나머지 얼마나 힘든지 설명조차 할 수 없을 때, 당신은 친한 사람이 어떻게 해주기를 바라는지. 또는 친한 사람에게 무엇을 해주었는지. 그럴 때 아무것도 묻지 않고 아무 말도 하지 않고 그저 곁에 있어주는 것이 얼마나 기쁘고 도움이 되는지.

물론 대화로 마음을 전하며 공감하는 것도 무척 중요하지만 그것이 어려울 때가 있다. 공감하기 어려울 때 또는 딱히 특별한 일이 없을 때에도 늘 곁에 있어주는 사람이 있다는 것은 얼마나 행복한 일인지 생각한다.

나는 친한 사람의 곁에 있어주는가. 누군가 곁에 있어주기를 바란다면 우선 자신의 곁에 있는 사람을 소중히 해야 한다. 그러고 보면, 이상적인 친한 관계란 서로 곁에 있어주는 관계라고 생각하게 된다. 덧붙이면 상대방이 외로움을 느끼지 않게 하는 관계이기도 하다. 이것이야말로 가장 기쁜 일이라고 나는 지금, 새삼 깨닫는다.

곁에 있어주는 것, 상대를 외롭게 하지 않는 것이 어려운 일이 아닌 것도 알고 있다.

아무 말도 하지 않고 곁에 있어준다. 그런 관계야말로 진정한 의미의 친한 사이일 것이다. 그리고 거기에 머무르지 않고 곁에서 함께 걸을 수 있다면 얼마나 멋질까.

당신에게는 서로 곁에 있어주는 사람이 있는지.

곁에서 함께 걷는 사람이 있는지.

Chapter 4

일의 시작은
인사하는 법부터

일요일의 습관

일요일마다 하는 일이 있다. 일주일 동안 입을 셔츠를 다림질하는 것이다.

나는 보통 셔츠를 세탁소에 맡긴 뒤 세탁과 다림질이 완성된 셔츠를 받아온다. 그것을 그대로 입어도 되지 않나 생각할 것이다.

그러나 세탁소에서 가져온 셔츠를 그대로 입으면 셔츠를 접으면서 생긴 주름이 가로, 세로로 그대로 남는다. 그것이 싫다. 그래서 세탁을 마치고 잘 접혀 있는 셔츠를 펴서 다시 한 번 직접 다림질을 한다. 이미 한 번 다림질이 되어 있기 때문에 주름을 펴기가 어렵지 않다.

요컨대 주름을 펴기만 하면 되는 다림질이다.

셔츠를 다림질하는 데에는 이것 말고도 큰 목적이 또 있다. 다림질을 하면서 내일부터 시작될 일주일을 위한 마음가짐이랄까, 마음의 기준을 새로 잡는다. 일정표를 확인하면서.
과장되게 들리겠지만 내게 다림질이란 '좋았어, 내일부터 일주일을 또 열심히 살아보자.'라는 각오를 다지는 의식이다.

일요일 밤에는 내일부터 새로 시작될 한 주간의 일을 생각하느라 긴장이 되는 것도 사실이다. 나의 일주일은 셔츠를 다림질하는 일요일 저녁부터 시작된다. 그렇게 마음을 업무 모드로 바꿔 일찍 잠자리에 든다.
월요일 아침에는 평소보다 일찍 일어나 회사에 간다.
이 습관을 10년 이상 유지하고 있다.

오래된 바 주인의 가르침

미나미 아오야마에 있는 오래된 바 '라디오'는 주인인 오자키 고지 씨가 만든 어른들의 사교장이다. 이곳을 방문한 손님에게는 청결한 몸가짐, 아름다운 매너, 센스 있고 부드러운 대화 솜씨가 필요하다. 그렇다고는 해도 분위기가 딱딱하지 않고 맛있는 칵테일과 술이 함께하는 편안한 분위기다. 지친 마음을 즐겁게 해주어 이 가게를 무척 좋아한다.

오자키 씨는 물론이고 '라디오'에서 일하는 바텐더들의 몸가짐이 늘 근사해서 이렇게 물은 적이 있다.

"여기서 일하게 되면 무엇부터 배우나요?"

오자키 씨는 이렇게 말했다.

"처음에는 서 있는 법을 배웁니다. 힘을 빼고 몸을 쭉 펴고 서보라고 하면 대부분의 사람들이 그러지 못합니다. 생활하면서 몸을 쭉 펴고 서야겠다는 의식을 잘 갖지 못하기 때문입니다. 다음으로 가르치는 것은 인사하는 법입니다. 인사를 한다는 것은 감사를 전하는 것입니다. 단순히 고개 숙여 인사를 한다고 되는 것이 아니지요. 그리고 걷는 법을 가르칩니다. 자세를 갖추고 조용히 품위 있게 걷기가 쉽지 않거든요. 이 세 가지를 몸에 익히는 비결은 늘 자신을 객관적으로 보는 것입니다. 조금 떨어져서 자신을 보고 아름다운지 아닌지를 상상하며 스스로 확인하는 것입니다. 몸가짐이 아름다우면 사람들에게 인기를 얻고 사랑을 받습니다. 어떤 일을 하든 손님에게 사랑을 받지 않으면 안 되니까요. 그것을 위한 교육입니다."

이야기를 듣고 나니 눈앞이 탁 트이는 것 같았다. 일을 할 때 먼저 몸에 익혀야 하는 것은 서 있는 법과 인사하는 법, 그리고 걷는 법이라는 것을 알게 됐기 때문이다.

"가장 간단한 것이 가장 어렵습니다. 가장 간단한 것을 아름답게 할 수 있다면 제 몫을 할 수 있습니다. 아름다움이란 조심스럽고 부드럽고 조용하고 느긋한 것입니다. 무엇 하나 빠져서는 안 됩니다. 굳은 표정을 푸는 방법을 한 가지 가르쳐 드리지요. 입가를 조금 올린다고 생각하는 겁니다. 입이 웃고 있으면 눈매가 부드러워집니다. 눈매가 부드러워지면 얼굴에서 힘이 빠지면서 자신의 가장 아름다운 얼굴이 됩니다. 거울을 보고 걸으며 자신의 웃는 얼굴을 자주 보면 좋습니다."

나는 술을 마시지 않는다. 술을 마시지 않는데 바에 간다니 이상하게 들리겠지만 '라디오'에는 무알콜 칵테일이 백 가지가 넘는다. 놀랍게도 오자키 씨가 술을 마시지 않기 때문에 무알콜 칵테일 레시피가 많다고 한다. 초콜릿과 딸기를 섞어 디저트처럼 달콤한 칵테일을 고풍스러운 유리잔으로 즐기면서 오자키 씨의 이야기를 듣는다. 어쩐지 사치를 부리는 느낌이다.

내게 '라디오'는 편안한 집처럼, 배울 게 많은 학교처럼 지금 내 모습이 아름다운지 확인하러 가는 장소다.

멋 내기란 뭘까

사랑하는 가을이 됐다. 풀과 나무가 울긋불긋해지고 단풍이 빨갛게(아카ぁか) 물든다는 말이 가을(아키ぁき)의 어원 중 하나라는 말을 문득 떠올리며 가을의 풍경이 변하는 모습을 바라보고 있다.

'점잖은'이라는 뜻의 일본어인 오토나시야카ぉとなしや か라는 말을 아는지? 처음에 나는 이 말을 쓰기가 조금 어색했다. 왜냐하면 일본어로 '어른스럽고 너그러운'을 뜻하는 오토나시나야카ぉとなしなやか와 헷갈려 잘못 외운 탓에 제대로 발음하기가 어려웠기 때문이다. 그래도 제대로 기억하고 나니 오토나시야카든 오토나시나야카든

모두 얼마나 근사하고 아름다운 말인지 감동하게 됐다.

한여름, 어느 일본 요릿집에서 식사를 하는데 함께 식사를 하던 연상의 여성 한 분이 "점잖고 맛있네요."라고 말해 깜짝 놀랐다. 아, 나도 이렇게 아름다운 말을 아무렇지 않게 말할 수 있게 되면 좋겠다고 간절히 바랐다.

가을은 꾸미기 좋은 계절이기도 하다. 쇼핑을 하고 싶은 욕구가 스멀스멀 올라온다.

이번 가을에는 유행하는 옷으로 멋을 내기보다는 점잖게 꾸미고 싶다. 그런 옷을 만나기를 기대한다. 그러기 위해 여러 매장을 돌아보고 평소보다 더 발품을 팔아 고른 옷을 걸쳐보자. 조금 실패해도 괜찮으니 점잖은 꾸밈에 기꺼이 도전해보자.

나는 멋 내기를 이렇게 생각한다.

첫눈에는 조금 소박해 보여서 자세히 보지 않으면 꾸몄는지 알 수 없는 정도의 옷차림이 이상적이라고 입자마자는 좋은 줄을 잘 몰라도, 계속 입다 보면 옷감이나 형태의 고급스러움, 몸에 닿았을 때의 감촉이 천천히 느껴지는 옷이 좋다.

요리를 예로 들면 첫 한 입이 무척 담백해서 맛이 저쪽에서 다가온다기보다는, 한입 한입 먹으면서 맛을 찾아가는 느낌이랄까. 그렇게 다 먹은 후에 맛있다는 느낌이 잔잔하게 남는 요리를 가장 좋아한다.

이런 즐거움을 주는 옷들을 갖추어 옷장을 나다움으로 채워간다. 그런 옷은 고급스럽기 때문에 가격이 비싸지만, 입을수록 행복이 커져서 그만 한 값을 한다.

그렇다. 꾸밈이란 체면을 차리는 것뿐 아니라 그때 내가 생각한 아름다움을 손에 넣는 것이다. 아름다움은 사람을 건강하게 해준다. 그렇기 때문에 꾸밈은 일상에 꼭 필요하다.

얼마 전, 나는 랄프 로렌의 사촌인 그렉 로렌의 재킷을 샀다. 무척 점잖았다.

당신은 어떤 꾸밈을 즐기고 있는가?

새 옷을 입고 어디에 갈까. 새 옷을 입으면 여행을 가고 싶은 것은 나쁜가. 새 옷을 입었을 때의 기분은 사랑을 할 때의 마음과 닮아 있다.

길지도 짧지도 않은

겨울 코트를 샀다.

오랜만이라고 생각했는데, 고작 2년 만이다.

하기사 코트는 그렇게 자주 사는 옷이 아니다. 당신은 어떤지? 가격도 비싸고 부피도 크기 때문에 코트가 많으면 둘 곳이 없어 곤란하다. 셔츠나 니트처럼 자주 장만해야 하는 옷도 아닌 것 같다. 하지만 오랜만에 코트를 사니 조금 기뻤다.

코트를 새로 장만했더니 머플러와 장갑도 사고 싶어졌다. 그리고 구두도 코트에 맞추고 싶어졌다. 돈을 많이 쓰게 될 것 같아 곤란했지만, 마음에 드는 코트가 있으면 코트 위주로 소품을 고르는 재미도 있다.

"지금까지는 왜 코트에 대해 별로 생각을 안 했을까?"
라고 친구가 묻기에 "이제 코트가 어울리는 나이가 됐
기 때문이지."라고 답하고는 깜짝 놀랐다.

코트는 어른들의 멋 내기 아이템인가? 그럴지도 모
른다.

"코트가 맵시 있으려면 어깨 폭과 소매 길이를 맞추
면 돼. 특히 소매는 너무 길지도 짧지도 않게, 팔을 내렸
을 때의 길이와 팔을 90도로 구부렸을 때 양 소매 길이
가 같은지 확인해서 정해. 어깨 폭과 소매 길이가 꼭 맞
는 코트를 입은 사람은 근사하지."라고 친구가 가르쳐
줬다.

정답이었다. 많은 사람들이 큰 옷을 입은 가운데 꼭
맞는 사이즈의 코트를 입은 사람은 무척 우아하고 근사
해 보인다.

"코트는 소매가 생명"이라고 친구는 못을 박았다. 또
한 가지, 겨울 멋 내기 방법을 배웠다.

나부터 바꾸기

얼마 전, 회사에 어떤 옷을 입고 가면 좋을지 모르겠다는 고민을 상담해주었다. "아마 회사 안에서 당신이 책임을 져야 하는 위치가 되어서 타인이 당신을 보는 눈이 전과 달라졌다는 것을 느꼈기 때문이 아닐까?"라고 말해주었다.

지금까지는 꾸미고 싶은 대로 꾸미고 출근했지만, 일에 대한 마음가짐의 기어가 한 단 높아진 만큼 인상에 변화를 줌으로써 조금 더 적극적인 자세로 일해야겠다고 생각했을 것이다. 지극히 자연스럽고 본인의 미래에도 아주 좋은 태도라고도 말해주었다.

요컨대 이미지 변신은 중요하다. 어떤 식으로 이미지 변신을 하면 좋을까.

옷에서든 자세에서든 세련됨을 잃지 않고 청결감과 조심스러움을 갖추려 의식적으로 노력하면 된다. 귀여운 첫인상보다는 성실하고 견실해 보이는 첫인상으로 바꾸는 것이다.

남성의 헤어스타일을 예로 들면 이해가 빠를 것이다. 투블럭 쇼트커트에서 7 대 3 가르마로 바꿔보는 것이다. 처음에는 남들이 웃을까 봐 부끄럽거나 쑥스러울 수도 있다. 하지만 나도 주변 사람도 반년만 지나면 새로운 헤어스타일에 익숙해진다. 그렇게 함으로써 새로운 마음가짐을 얻을 수 있다는 사실은 큰 장점이다.

일단 헤어스타일과 옷을 바꿔 멋진 인상에 견실한 이미지를 더해보자(이 정도면 무적이다). 그러면 주변의 흐름이 내게 긍정적인 방향으로 움직일 것이다.

무언가를 바꾸고 싶다면 먼저 나를 바꾸자. 현자의 말이다.

방을 새롭게

새해가 되면 인테리어를 바꾸고 싶은 것은 나뿐인가.
어쩐지 인테리어를 바꾸고 싶은 마음이 샘솟는다.

하지만 인테리어를 새로 하는 것은 보통 일이 아니다.
의자와 테이블, 수납장 등을 바꾸려면 일이 너무 커지고
지금까지 쓰던 것을 어떻게 처분할지도 문제다. 그래서
나는 늘 다음과 같은 방법으로 우리 집 인테리어에 새
로운 활기를 불어넣는다. 꼬박 하루가 걸리는 작업이다.

먼저 가장 긴 시간을 보내는 거실에 활기 불어넣기.
처음 할 일은 가구를 옮겨 완벽하게 청소하는 것. 가구
가 가리고 있던 부분에는 먼지가 쌓여 있으므로 벽과

바닥, 조명과 창문까지 반짝반짝 닦는다. 그다음 가구를 이리저리 옮기며 새롭게 배치해본다. '아, 이것도 좋네, 이렇게 해보자.' 하다 보면 옮길수록 재밌어진다.

여기서 비결은 가장 큰 가구부터 움직이는 것이다. 예를 들어 테이블 위치를 정한 다음 그것을 중심으로 다른 가구를 둘 곳을 결정한다. 이렇게만 해도 거실 풍경이 놀랄 만큼 달라져 기분이 새로워진다.

그리고 반드시 있어야 하는 가구들을 목록으로 정리한 다음 목록에서 빠진 것들은 과감하게 정리한다.

필요한 것만 남기고 가구를 새롭게 배치한다. 이것만으로도 상당히 새로운 느낌이 든다. 배치를 바꾸지 않고 청소만 완벽하게 해도 꽤 말끔해져서 분위기가 달라진다.

짜임새를 바꾸는 것은 일 년에 한 번 누리는 즐거움이다.

보이지 않는 부분의 맵시

일본의 목조 모더니즘을 대표하는 건축가 고故 요시무라 준조가 지은 별장을 방문했다. 그의 지인이 약 2년에 걸쳐 손질한 그 주택은 건축을 잘 모르는 내가 봐도, 공간 안에 머무르는 사람의 마음이 편안하도록 연구를 많이 해 지었음을 곳곳에서 느낄 수 있었다.

예를 들어 어떤 집에 살고 싶은지 물으면 보통 이런 대답을 들을 수 있다.

"커다란 창에 해가 잘 들고 부엌이 붙어 있는 외국 호텔 같은 느낌. 그렇다고 과한 모더니즘은 말고 북유럽풍 같은 느낌. 천장은 높은 게 좋지."

이런 식으로 대답하는 사람이 많을 것이다.

그 주택에는 그런 바람 하나하나에 건축가의 말로 정중하게 응답하는 듯한 풍취가 있었다. 무엇보다 멋지다고 생각한 것은 이른바 건축적 디자인이 아니라, 잘 보지 않으면 알 수 없는 세세한 부분에서의 완성도, 머무는 사람을 생각한 애정 표현, 보이지 않는 곳에 마음을 기울인 아름다움이었다.

예를 들어 여닫이문이나 아마도雨戸*가 수납되는 공간의 정교함이라든지, 미닫이문의 나무틀 모서리가 둥글다든지, 벽과 바닥 또는 벽과 천장의 접합부에 틈새를 뒀다든지, 문손잡이가 닿는 뒷면을 매끄럽게 만들었다든지 하는 것들. 오래 살지 않으면 알아차리기 어려운, 보이지 않는 곳에서 일종의 맵시 같은 것이 느껴졌다. 깜짝 놀랄 만큼 근사했고 마음이 흔들렸다.

나는 이렇게 생각했다. 훌륭한 주택은 사람과 같다고. 주택에 산다는 것은 한 명의 인간과 만나는 일이고 그렇다면 근사한 맵시를 가진 주택에 살고 싶다고. 그리고

* 비바람이나 도난을 막고, 실내 보온을 위해 창문에 설치하는 덧문 ─ 옮긴이

나도 그 주택처럼 근사해지고 싶다고.

'보이지 않는 곳의 맵시'는 마음에 아주 깊이 남는다는 사실을 깨달았다.

중요한 것은 나를 위해서가 아니라 다른 사람을 생각하는 것이다. 물론 꾸밈이나 손질, 행동거지 등 눈에 보이는 몸가짐도 중요하다. 하지만 그 못지않게 중요한 '보이지 않는 곳의 몸가짐'은 인간으로서 갖추어야 할 예의의 근원이다. 말하자면 사람을 사랑하는 마음. 그것이 아닐까.

그렇다면 사람을 사랑한다는 것은 무엇일까. 좋아하거나 싫어하는 감정을 넘어선, 그 사람을 그 사람 그대로 보기 위해 마음을 다하는 것이 아닐까.

사람을 사랑한다는 것은 눈에는 보이지 않는 것들로 마음을 표현하는 것이다. 살면서 가장 멋지고 아름다운 것이다. 사람을 사랑하는 사람은 다른 사람보다 배는 근사해 보인다.

주택 한 채와 만난 나는 오늘의 일상, 오늘의 일, 오늘의 모든 것에 깃든 '보이지 않는 곳의 몸가짐'을 정비하고 싶어졌다.

승부 체질을 갖다

승부복이란, 내가 가진 것 중 가장 좋은 옷을 말하는 것이라고 생각하면 틀리지 않을 것 같다. 승부복이니 이기고 싶을 때 입는 옷인가?

일할 때 입는 승부복도 있고, 사람을 만날 때 입는 승부복, 데이트를 할 때 입는 승부복도 있을 것이다. 당신에게 승부복이란 무엇인지? 중요할 때에 입는 옷이라는 점에서 크게 다르지 않을 것 같다.

그러나 생각해보면, 아무리 좋고 근사한 승부복을 입어도 체형에 맞지 않아 세련돼 보이지 않거나 부해 보인다면 승부복도 효과를 발휘하지 못한다. 냉정한 말이지만 사실이다. 왜냐하면 근사한 옷도 근사한 몸매가 아니면 멋이 살지 않기 때문이다.

승부에서 이기고 싶다면 일단 몸매를 가꾸거나 살을 빼는 것이 선결되어야 한다. 그리고 가슴을 쭉 펴고 바른 자세를 유지하면 딱히 고급스러운 옷이 아니더라도 첫인상에서 승부를 걸 만한 자신감이 생긴다. 그런 자세로 멋까지 부린다면 금상첨화다.

내가 아는 부자가 이런 말을 했다.

"돈으로 살 수 없는 것이 있다. 선명한 복근이다. 이것만큼은 아무리 돈이 많아도 살 수 없기 때문에 스스로 노력해서 만들어야 한다."

그에게는 승부복이 아니라 승부 복근이라고 해야 한다.

나는 승부복보다도 승부 몸매를 갖는 것이 먼저라고 생각한다. 노력이 중요하다.

첫인상의 승부란, 여차할 때 나체인 상태로도 이길 수 있어야 진짜라는 생각이 든다.

낭비라는 이름의 저축

저축을 하고 있느냐는 질문을 받았다. 번 만큼만 저축하고 그 이상은 하지 않는다고 대답했다. 아프거나 사고를 당하는 일이 생겼을 때 일 년 정도는 어려움 없이 일상을 유지하기 위해 돈을 모아야겠다고 생각해서 한 저축이다.

나는 건강이 허락하는 한 일을 할 생각이다. 그런 내가 노후에 불안을 느껴 저축을 하게 된다면 오히려 단숨에 늙어버릴 것 같아 무섭다. 오기인지 몰라도 연금보다는 경험이나 체험에 투자하며 성장을 즐기는 인생을 살고 싶다.

얼마 전, 저축이 취미라는 분을 만났다. 매월 저축액을 정한 다음 생활비를 아껴 돈을 모으는 것이 즐겁다고 했다. 여행이나 쇼핑은 안 하시냐고 물으니 필요한 것 외에는 사지 않고 여행도 무턱대고 가지는 않는다고 했다. 1엔이라도 많이 저축하고 싶어 하는 것 같았다. 낭비는 절대 하지 않는다고 했다.

낭비라. 뜨끔했다. 나는 지금까지 얼마나 낭비를 많이 했던가. 무서워서 감히 계산하지 못했다. 하지만 낭비는 하려고 하는 것이 아니다. 말하자면 도전에 대한 실패라고나 할까.

하지만 실패가 있기에 성공률도 높일 수 있다고 억지로 위로해본다.

이것이 옳다고 말하는 것이 아니라, 무언가에 돈을 쓴다는 것은 꽤 괜찮은 공부이고 즐거운 일이라는 말이다. 학교에서도 가르쳐주지 않는 중요한 공부다.

세상에는 낭비라는 이름의 저축도 있다. 통장은 없지만.

행복을 나누어 갖기

한때 '오모테나시お持て成し'라는 말이 일본인의 정신을 상징하는 말로 주목을 받았다. 그러나 막상 오모테나시가 뭐냐고 물으면 대답하지 못하는 사람이 얼마나 많은가. 퍽 어려운 말이다.

타인에게 베푸는 친절, 자상함, 배려, 정중함. 그런 마음가짐을 묶어서 표현한 것이리라. 그러나 너무 추상적이다. 내 경험으로 비춰봤을 때, 내게 일본인으로서의 오모테나시가 몸에 배어 있는지 물으면 나도 자신이 없다.

오모테나시라고 하면 보통 타인에 대한 행위나 마음

가짐으로 일종의 서비스 정도로 생각하지만, 나는 다르게 생각한다. 오모테나시란 매일의 생활 방식이 아닐까. 그것은 밖을 향한 의식이 아니라 내면을 향한 의식이고, 그 결과 자연스럽게 타인에게 베풀게 되는 것이다.

오모테나시의 목적이 타인을 행복하게 하는 것이라면 먼저 자신이 행복한 것이 중요하다. 행복이란 누군가가 정해주는 것이 아니라 자신이 느끼고 생각하는 것이다. 거기에 기준이나 비교가 있을 턱이 없다. 그리고 행복은 결과도 아니고 눈에 보이는 것도 아니다.

오모테나시란 행복에 대한 적극적인 생활 방식이자 자신이 실천하는 것이다.

행복을 독점하지 말고 기꺼이 나누어 갖자. 거기에 오모테나시의 본질이 있다.

잘 본다는 것

무슨 일을 좋아하느냐는 질문을 받으면 나는 보는 것을 좋아한다고 대답한다.

풍경이든 사람이든 사건이든 보는 것을 좋아한다. 예쁜 것은 하루 종일 보고 싶다. 보는 것은 호기심과 동경의 시선이자, 그것을 통해 상상하는 즐거움이기도 하다.

수필가 시라스 마사코 씨는 《마음에 남는 사람들》에서 "진심으로 본다는 것은 숨어 있는 것을 꺼내는 것이다."라고 썼다. 그 문장을 읽고 나는 '역시 그렇지, 맞는 말이야.'라고 생각하며 무릎을 쳤다.

잘 본다는 것은 보이는 것을 단순히 눈으로 보는 것

이 아니라 한눈에 봐서는 보이지 않는, 숨어서 반짝반짝 빛나는 것을 발견하는 것이다. 멋진 것이나 아름다운 것은 그렇게 발견하는 거라고 생각한다. 눈을 돌리고 싶은 거나 아름답지 않은 수많은 것 안에도 어딘가에 반짝이는 빛이 깃들어 있다. 나는 그런 믿음으로, 선입관에 얽매이지 않고 결코 눈을 돌리지 않으려고 애쓴다.

반짝이는 빛을 볼 수 있는가는 자신에게 달렸다.

물론 아무것도 보이지 않을 때도 있다. 그래도 아무것도 없다고 쉽게 단정하지 않고, 안목을 갈고닦아 언젠가 잘 볼 수 있게 되기를 바란다.

이를테면 '물건에 기울이는 마음'이라는 반짝이는 빛이 있다. 물건을 소중히 대하는 마음이자, 물건을 정중하게 대하는 태도이다. 그런 태도가 몸에 붙으면 기쁨과 즐거움은 물론이고 물건의 매력을 살릴 수 있다. 물건을 물건이게 할 뿐 아니라 마치 친구처럼 통하게 할 수 있다.

자주 쓰는 물건을 의인화해서 부르는 사람을 어린아이 같다며 폄훼하는 경우가 많은데, 나는 이것이 일본인의 장점 중 하나라고 생각한다. 마음을 담아 만들고 마음을 담아 사용하는 것이다. 마음을 담아 맛보고 깊은

친근감을 느끼고 진심으로 감사하는 마음가짐은 언제까지고 잃고 싶지 않다.

물건 안에는 그것을 쓰는 사람의 마음과 생명의 빛이자 우리가 흔히 센스라고 말하는, 두근두근하는 설렘이 숨어 있다.

언젠가, 나는 몹시 근사하고 감각 있는 분에게 이런 말을 들었다.

"이런 말하기는 좀 그렇지만, 저는 젊었을 때 꾸미는 걸 정말 못했고 감각도 없었어요. 그런데 근사한 사람을 보는 게 너무 좋았고, 사람들이 잘 알아차리지 못하는 근사한 것을 잘 발견하고는 했어요. 그런 식으로 스스로 발견한 멋진 부분을 직접 흉내도 내보고 시험해보다 보니 언젠가부터 사람들에게 세련됐다는 말을 듣게 됐어요."

세련된 감각을 느낄 수만 있다면, 그 감각은 언젠가 자신 안에서 성장해 내 것이 된다.

잘 본다는 것은 누구나 할 수 있는 것이라고 가만히 생각한다. 그리고 나는, 본다는 것은 깨닫는 것임을 최근에야 알게 되었다.

근사한 답례

큰 선물을 좋아한다.

얼마 전, 내가 존경하는 어르신이 이타미 주조伊丹十三*의 팬이라는 걸 알고 그가 쓴 《유럽 따분 일기》 초판본을 선물했다. 나는 이타미 주조의 팬이어서 초판본을 두 권 갖고 있었다.

두 권을 갖게 된 이유가 있다. 이런 에피소드가 있었기 때문이다.

초판본에만 저자명이 이타미 이치조伊丹一三라고 되

* 일본의 영화감독 — 옮긴이

어 있다는 사실은 아는 사람만 안다. 그는 이타미 이치조라는 이름으로 데뷔를 했는데 좋지 않은 일이 자꾸 생기자 이름을 바꿔보자는 생각에 이치조를 주조로 바꿨다. 이타미 주조 팬으로서 무척 재미있는 에피소드다.

존경하는 그분은 크게 기뻐해주었다. 작고 길다란 편지지에는 "반드시 답례하겠습니다. 선전포고입니다."라고 적혀 있었다.

선물을 하고 이런 편지를 받기는 처음이었다. 나는 떨렸다. 게다가 그 편지지는 보내는 이의 이름이 인쇄된 특별 주문품으로, 칸이 보기 좋게 그어져 있고 종이의 촉감과 인쇄 때깔이 무척 근사했다. 멋진 편지지라고 생각하며 그분의 세련된 감각에 감동했다.

얼마 뒤 존경하는 그분이 보낸 상자를 받았다. 안에는 긴 편지가 들어 있었다. 답례품을 고르고 고르다 결국 본인이 가장 좋아하는 것으로 답례하기로 했는데 그것은 아사쿠사의 유명 문구점 마스야滿寿屋에서 특별 주문한 편지지와 봉투라는 내용이 적혀 있었다.

봉투 안에는 존경하는 그분이 사용하던 것과 같은 편

지지에 내 이름이 묵직하게 인쇄되어 있었다.

나는 한 방에 졌다.

일상을 맛보다

요리의 즐거움을 전하는 일을 하면서 요리란 무엇일까를 줄곧 생각하게 됐다.

요리. 마음속으로 중얼거리자 눈에 떠오른 것은 음식한 접시가 아니라 허리에 앞치마를 두르고 바삐 움직이는 어머니의 모습이었다.

이런 생각을 해본다. 요리란 대체 어디에서 시작된 것일까. 어머니의 모습을 떠올리니, 요리란 부엌에 서 있을 때뿐 아니라 더 넓은 범위에 걸쳐져 있는 일이라는 생각이 들었다.

무엇을 먹을까. 또는 무엇을 먹고 싶은가. 요리는 이

런 생각에서 시작되는 것이 아닐까. 자신이나 가족의 몸을 생각해 채소가 좋을지 고기가 좋을지 생선이 좋을지. 오늘 기분에는 어떤 음식이 먹고 싶을지. 그것을 어떻게 요리하고 어떤 메뉴로 구성할지 생각한다. 일단 생각하는 것에서 요리가 시작된다.

메뉴가 결정되면 장을 보러 간다. 거리를 걸으며 상점에 가서 식재료를 '산다.' 상점에는 제철 식재료가 진열되어 있고 장을 보는 사람들로 가득하다. 다양한 분위기가 느껴진다. 그렇게 눈에 넣은 것, 나눈 것을 통해 오늘이라는 사회와의 커뮤니케이션이 이루어진다.

장보기가 끝나면 예정된 식사 시간으로부터 역산을 해서 몇 시부터 요리를 시작하면 좋을지 가늠한다. 도구와 재료를 준비하고 필요하다면 밑 작업을 해놓는다.

구입한 식재료를 냉장고에 넣고 정리를 하며 무엇이 있고 무엇이 없는지 내일을 위해 기억해둔다. 오늘 만들 요리의 레시피를 확인한다. 이른바 순서를 짜는 것이다.

음식을 '만든다.' 만든다는 것이 요리의 중심이다. 이것저것 찾아 연구하고 아이디어를 짜내 머리와 마음을 모두 움직여서 자신을 포함해 먹을 사람을 생각하며 만든다.

그리고 '먹는다.' 모든 일에 감사하고 충분히 즐기며 꼭꼭 씹어 행복을 가득 맛본다.

먹는 게 끝나도 요리는 끝나지 않는다. 사용한 식기와 도구를 씻고 수납하고 쓰레기를 처리하고 원래의 상태로 돌리는 '정리'가 있다. 이제야 요리가 끝난다.

이렇게 쓰다 보니 여러 가지 사실을 발견했다.

요리란 생각하는 것에서 시작해 사고, 커뮤니케이션하고, 순서를 짜는 일을 거쳐서, 만들고, 먹고, 정리하는 것으로 끝난다.

과연 그렇다. 요리라는 축에는 일상의 여러 활동이 연결되어 있다.

그러므로 요리를 배운다는 것은 일상을 배우는 것이기도 하다. 요리를 즐긴다는 것은 일상을 즐기는 것도 된다. 그렇다면 요리를 잘한다는 것은 일상을 잘 보낸다는 말이다. 일상을 풍부하게 보내고 싶다면 요리를 시작하면 좋다.

역시 요리는 소중하다. 요리 없는 일상은 성립하지 않는다.

정성 어린 마음 한 술

먹보의 시시한 농담을 용서해주시길.

요리의 즐거움은 재료와의 대화라는 생각을 최근에 곰곰이 해보았다.

양파라면, 양파의 맛과 향과 식감을 요리라는 수고를 들여 최대한 끌어내서 먹고 싶다. 요리란 맛을 만드는 일이라기보다 재료의 장점을 살리는 행위랄까. 재료가 갖고 있는 맛과 향과 식감을 잘 확인해서 그것을 더 좋게 만드는 것이 요리 연구가 아닐까.

연구란 무엇일까. 만드는 사람의 마음을 담아내는 것이다. 지식이나 기술도 중요하지만 일단 재료를 되도록 맛있게 먹기 위해 어떻게 해야 좋을지 생각하고, 거기에 머리가 아니라 마음을 얼마나 사용하는가가 중요하다.

맛있게 먹고 싶다는 마음의 표시로서, 예를 들어 어떤 온도일 때 먹는가, 얼마큼 먹는가, 테이블의 장식은 어떻게 하면 좋을까, 어떤 접시에 얼마나 담으면 좋을까 하는 것들에 연구라는 정성이 제대로 들어가 있으면 행여 달걀 프라이 한 접시라 해도 입에서뿐 아니라 마음으로도 맛있음이 느껴질 것이다.

고백하건대 나는 요리를 잘 못하고 맛을 낼 줄도 모른다. 그렇지만 누군가를 위해 또는 나를 위해 요리를 할 때, 내가 요리에 서툴거나 잘 못한다는 점을 마음에 두지 않는다.

요리에 필요한 것은 지식이나 기술보다 역시 정성스러운 마음일 것이다. 사람은 늘 마음과 마음의 대화를 통해 행복을 발견하기 때문이다.

정성 어린 마음이 소중한 것은 요리에서뿐 아니라 일상에서도 마찬가지다. 정성을 담는 마음이 곧 사람을 사랑하는 마음인지도 모른다.

Chapter 5

마음 정돈

한마디 말로

기쁜 일이 있었다.

자주 가는 커피숍에 평소처럼 커피를 사러 갔다.

커피를 마시려고 문득 종이컵으로 눈을 돌리니 매직으로 무슨 글귀인가가 적혀 있었다. 주문을 받은 점원이 주문을 말로 확인하는 동시에 종이컵에 써서 커피를 내리는 직원에게 넘긴, 말하자면 주문표가 틀림없었다.

종이컵에 적힌 글귀를 알아볼 수 없었던 이유는 고객은 알아볼 수 없는 기호 같은 것이었기 때문이다. 그러나 잘 살펴보니 적혀 있는 글귀 옆에 스마일 표시가 그려져 있고 "Thanks!"라는 말이 적혀 있었다. 나는 깜짝 놀랐다. 스마일 표시는 동료 직원들 사이의 커뮤니케이션인지도 모르지만, 조그맣게 적은 "Thanks!"는 내게 쓴 것 같았다. 아니, 틀림없이 내게 쓴 것이었다.

무척 기뻤다. 종이컵에 "Thanks!"라고 적어준 것이 오늘이 처음이 아닌지도 모른다. 여태 그것을 알아차리지 못한 내가 부끄러워졌다.

잘 보지 않으면 알 수 없는 곳에 수고를 들여 감사의 말을 써주다니, 서서히 감동이 스며들었다.

업무의 일환이라고 해도, 내가 남에게 받으면 기쁠 일이 무엇일지 늘 생각했을 직원의 마음이 고스란히 느껴졌다. 얼마나 멋진 일인가. 나는 무척 기뻤다.

한마디 말에 마음이 따뜻해졌다. 그리고 소중한 것을 배웠다. 늘 감사하다.

성장의 법칙

누구에게나 서툰 일이 한두 가지쯤 있다. 나는 음악에 서툴다. 음악 과목 성적은 늘 최하였다.

서른 살이 됐을 때, 가장 서툰 분야에 도전해보자고 생각한 이유는 나이가 들면서 굳어졌다고 할까, 여러 가지 일에 요령을 얻은 나에 대한 작은 반발이 필요했기 때문이다. 내 그릇이 작아지는 것 같아 불안하기도 했다.

그래서 시작한 것이 어쿠스틱 기타였다. 5분이라도 매일 빠짐없이 연습을 하기로 결심했다. 보통 사람들이 기본의 '기'를 습득하는 데에 드는 시간의 세 배가 걸렸다. 목표는 제임스 테일러의 〈You've Got a Friend〉. 가뜩이나 어려운 곡이었다. 그런 곡에 초보자가 도전했으니 사람들은 눈이 휘둥그레졌다.

기타는 정말 어려웠다. 그렇지만 매일 연습해도 자꾸만 틀리던 부분이 어느 날 갑자기 당황스러울 만큼 술술 풀릴 때가 있었다. 띄엄띄엄 하는 연습은 덧셈밖에 안되지만, 조금이라도 매일 꾸준히 하는 연습은 곱셈이 된다는 말을 믿었다.

나는 법칙을 발견했다. 걸리는 시간과 성장은 정비례하지 않는다. 성장은 이차함수여서, 처음에는 느리지만 어느 지점을 넘으면 성장세가 증가하며 단숨에 뻗어나간다. 단조로운 직선 그래프가 아니라 곡선 그래프가 된다.

그러니 꾸준히 한 일의 결과가 눈에 보이지 않아도 괜찮다. 단숨에 뻗어나가는 지점이 곧 다가올 것이다. 일에서든 일상에서든 사람과의 관계에서든 이 법칙은 통한다. 그러니 멈추면 안 된다. 계속하자.

지금 나는 〈You've Got a Friend〉를 누구보다 잘 연주하게 됐다.

그만두지 말고 휴식을

"포기하지 않는 것이 힘이다."라는 말이 있다. 포기하지 않는 데에는 비결이 있다. 그 비결 중 하나가 리셋하는 것이다. 리셋하지 않으면 결국 포기하게 된다고 말해도 좋다. 바꿔 말하면, 리셋을 잘하면 어떤 일이든 내 속도를 유지하며 계속할 수 있다는 말이다.

그럼 리셋이란 무엇인지 생각해본다. 이를테면 무언가를 끊임없이 열심히 하다 보면 반드시 막힐 때가 온다. 막힌다는 것은 자연스러운 일이므로 크게 신경 쓰지 않아도 된다. 하지만 사람의 마음은 그렇지가 않아서, 여지껏 순조로웠던 일이 막히면 그만두고 싶어진다. '나는 여기까지인가. 그럼 됐어. 그만두자.' 그때가 바로 리셋이 필요한 시점이다.

우선 한숨 돌릴 것. 그리고 그때까지 기울인 마음이나 사고방식, 생각, 습관 등 자신이 얽매였던 여러 가지 것들을 원래 있던 장소로 되돌린다는 느낌으로 이건 여기, 저건 저기, 그건 거기에 정리해보자. 정리를 하면서 이건 뭐지? 하는 것을 발견하거나, 없어도 좋은 것들이 있다면 주저 없이 버리자.

그렇게 하면 일이 막혀 여기저기 흩어져 있던 마음의 중심이 차츰 정리가 된다. 막힌다는 것은 마음이라는 방이 여러 가지 것들로 어지러워진 상태다. 그리고 리셋이란 자신의 마음을 마주하고 정리 정돈하는 것이다. 필요 없는 것은 버리고, 언젠가 다시 쓸 중요한 것은 필요해졌을 때 바로 쓸 수 있도록 제자리에 돌려놓자.

이러한 정리를 실제로는 어떻게 하면 좋을지 생각해보자. 가장 추천하는 것은 천천히 차분하게 무언가를 하는 것이다.

이를테면 잼을 만들거나, 빵을 굽거나, 정원 손질을 하거나. 그림을 그리거나, 장거리를 걸어보는 것도 좋다. 이런 식으로 여러 가지 일을 잊고 두 시간 정도 무념무상의 상태가 되면 자연스럽게 마음이 정리된다. 천천히 숨을 들이마시고 다시 천천히 숨을 내뱉으면서.

정리를 했다면 무언가를 곧바로 시작하는 것이 아니라 일단 리셋을 한 뒤 휴식을 취하는 것이 좋다. 이 휴식이 중요하다. 그만두는 것이 아니라, 휴식이다. 다른 사람들이 나를 추월하는 것 같아도 신경 쓰지 말고 쉬자. 조바심 내지 말고 당황하지 말고.

휴식을 취하며 멍하니 있다 보면 마음속에서 자연스럽게 떠오르는 것이 있다. 생각나는 것, 갖고 싶은 것, 하고 싶은 것, 보고 싶은 것, 듣고 싶은 것, 알고 싶은 것 등. 그것이 바로 막힌 것을 뚫어줄 새 지도이자 단서이다. 그것을 염두에 둔 채 "자, 다시 가볼까?" 하며 시작하면 된다.

리셋과 재출발은 일과 취미에서도 중요하지만, 연애나 인간관계에서도 마찬가지로 중요하다.

그만두는 대신 휴식을 선택하는 사고방식이란 '잠깐 정리를 해보자.'라고 생각하는 것이다.

흉내 내기부터

무언가를 해보고 싶지만 어떻게 하면 좋을지 모르겠다는 사람들이 많은 것 같다. 과거의 나도 그랬다.

'어떻게 하지?' 싶은 막막한 생각이 들면 일단 흉내 내는 것부터 시작하면 된다. 이를테면 소설을 써보고 싶다면 좋아하는 작가의 문장을 비슷하게 써보는 것이다. 특별한 재능을 지닌 사람은 말할 것도 없고 그렇지 않은 사람도 훌륭한 문장을 쓰고 싶다면 이것저것 고민하지 말고 흉내 내기부터 시작하는 것이 가장 좋다.

여기서 중요한 것은 누구의 무엇을 흉내 낼 것인가이다. 사실, 흉내를 내고 싶은 대상(자신이 근사하다고 생각하는)을 발견하는 일이 의외로 어렵다. 그것을 발견하는 것도 하나의 재능이다. 흉내 내고 싶은 것을 발견했다면 주저하지 말고 열심히 흉내를 내보자. 이것은 문장뿐 아니라 일과 일상에서도 반드시 통하는 방법이다. 멋지다고 생각한 것이 있다면 무엇이든 흉내를 내보자. 모든 것은 모방에서 시작한다고 나는 생각한다.

일본어로 '흉내 내다.'라는 뜻의 마네루真似る라는 단어의 어원은 '배우다.'라는 뜻의 마나부学ぶ에서 왔다고 한다.

조금씩 흉내를 내다 보면 어느 순간 아무리 노력해도 흉내 내기 실력이 늘지 않을 때가 반드시 온다. 그동안 진지한 노력을 쌓아온 사람이라면 그 순간, 창의력에 불쑥 스위치가 켜지는 것을 느낄 수 있을 것이다. 개성 또는 흔히 말하는 독자적인 노력이 빛을 발하는 순간이다. 그다음은 충분히 즐기면 된다. 두려워하지 말고 흉내 내기를 시작해보자. 주의해야 할 점은 흉내 내기에서 그치면 안 된다는 사실이다.

정말 중요한 것은 그다음부터다.

스승을 발견하다

내 나이가 벌써 마흔아홉이다. 살아온 인생을 잠시 돌아봐도 괜찮지 않을까 싶은 나이가 됐다. 대체 나는 무슨 일을 그렇게 열심히 하며 살아왔는지 멍하니 생각해봤다.

떠오른 것은, 어릴 때부터 내가 좋아한 사람들은 나보다 무언가를 몇 배나 잘하는 사람들이었다는 사실이다. 달리기가 빠르다거나 몹시 어른스러운 무언가를 알고 있다거나 현명하거나. 내게 없는 것을 갖고 있는 사람을 만나면 좋아하게 됐다. 친해지고 싶었다.

그러나 그 기준은 결코 세간에서 일반적으로 말하는

가치관이 아니라 어디까지나 내 눈으로 본 가치관으로, 예를 들면 전 세계에 출시된 모든 차종을 꿰뚫고 있는 사람이라든지, 자전거로 급경사 내리막길을 브레이크 없이 내려갈 만큼 용감한 사람, 번화가 뒷골목을 빠삭하게 알고 있는 사람 등 유별난 것들도 포함되어 있다.

요컨대 그 사람만 알 수 있는 것이나 할 수 있는 것들에 "아, 나는 못 이기겠다." 생각하며 반한 것이다.

그렇기 때문에 어디를 가나 늘 나보다 뛰어난 사람을 찾을 수 있었고, 그런 사람을 발견하면 곧바로 흥미를 갖고 좋아하게 되어 그 곁을 떠나지 않았다. 무언가에 재능이 있는 사람이란 즐겁고 재미있고 배울 점이 있고 늘 감동할 수 있고 훌륭했기 때문이다. 정말 그랬다.

얼핏 보면 평범해 보이는 사람이라도 누구에게나 나보다 뛰어난 점, 재미있는 재능이 반드시 있다는 사실을 어른이 된 후에 알게 되었다. 그리고 누군가를 만나면 그 사람의 멋진 점이나 재능은 무엇일까 관찰하게 되었다.

그러니까 내가 무엇에 열심히 노력했고 무엇을 잘하게 되었는가 하면, 남들의 좋은 점이나 멋진 점, 나보다 뛰어난 재능을 발견하는 일을 열심히 했고 잘하게 되었다는 말이다. 누구에게도 지지 않는 재능이 내게 있다면 바로 그것일 것이다.

"내게는 다른 사람보다 뛰어난 점이 하나도 없어요." 라고 말하는 사람과도 잠시 함께 있어보면 곧바로 "이 거네요."라고 재능을 발견할 수 있다는 자신감을 지금 도 갖고 있다.

멋지다든가 훌륭하다든가, 나는 못 이기겠다든가 하 는 그런 감동을 나이가 들어서도 느낄 수 있을지 잘 모 르겠다. 그런 호기심을 유지할 수 있을까. 다시 말해, 몇 살이 되든 계속 사람을 좋아할 수 있을까.

나 이외의 사람은 모두 내게 무언가를 가르쳐주는 스 승이다.

그 사람이 어떤 분야의 스승인지는 내가 발견해야 한 다. 스승을 발견하는 것도 나만이 할 수 있는 일이다.

여백 만들기

여기에 쓰는 글은 어디까지나 내 생각이고, 당신에게는 분명 다른 생각이 있을 테지만 '아, 이렇게도 생각할 수 있구나.'라고 받아들여 준다면 무척 기쁘겠다.

지금, 나는 다른 사람이 생각하는 만큼 책을 읽지 않고, 텔레비전도 거의 보지 않으며, 인터넷도 이용하지 않는다. 사람을 만나는 일정도 되도록 비우고 있다.

내게 들어오는 정보와 자극의 양을 통제하고 있다고나 할까. 더불어 일이든 일상이든 너무 열심히 하지 않으려고 한달까. 최선을 다하지 않는다는 오해를 살지 몰라도, 80퍼센트 정도만 노력하려고 한다.

여백 또는 빈 공간을 남기고 싶기 때문이다. 배움은 근사한 부분을 예리하게 파악해낼 수 있는 컨디션과 솔직한 마음, 그리고 이를 위한 건강한 신체와 건강한 마음을 갖는 것에서 시작한다. 그러니 일찍 자고 일찍 일어나 규칙적인 식사를 하고, 그럼으로써 얻을 수 있는 여러 가지 것들에 대해 재빨리 반응할 수 있는 건강함이 필요하다.

하루 종일 수많은 기회가 오고 간다. 무수한 기회 가운데 이거다 싶은 기회가 찾아온 순간, 힘을 갖고 싶다. 더불어 날카로운 직감도. 무언가에서 도망칠 때의 기민함도 남겨두고 싶다. 여차할 때 전력을 다해 멀어질 수 있도록.

왜냐하면 하루를 온전히 즐겁게 보내고 싶기 때문이다. 즐거움은 누구나 노력만 하면 매일 느낄 수 있다. 무엇보다도 소중한 자신을 지키기 위한 노력이기도 하다.

알맞게 무르익은 순간

무엇이든 빠른 게 좋은 시대라는 생각을 요즘 자주 한다.

자료 조사는 인터넷으로 하고, 연락은 주로 메일로 하고, 요리는 빨리 완성할 수 있는 레시피가 인기다. 비행기나 지하철의 속도는 나날이 빨라지고 있다. 모두 우리가 바빠서 생겨난 니즈를 충족시키는 것들이다.

그러나 앞으로도 계속 '빠른 것이 좋다.'를 당연하게 여겨도 괜찮은지 생각하게 된다. 당신의 생각은 어떤지?

매사가 빨리 이루어진다는 것은 좋기도 하지만 동시

에 하루에 처리해야 할 일의 수가 늘어났다는 의미(사실이라면 그만큼 쉬는 시간도 늘었으면 한다)이기도 하다. 우리는 더 바빠지고 더 지칠 것이다.

무슨 일에든 저마다 '알맞게 무르익은 순간'이 있다. 그 순간에만 맛볼 수 있는 기쁨과 즐거움과 아름다움, 그 순간에 이르러야만 만날 수 있는 뛰어난 품질을 바쁘다는 이유로 멀리하면 안 된다. 결코 안 된다.

최신 기술이 아무리 발달했다 해도 시간을 압축하는 일은 이제 그만 멈추고, 모든 것에 깃든 '알맞게 무르익은 순간'이란 어느 때인지, 그것을 되돌릴 방법이 무엇인지 생각하는 일이야말로 미래를 위해 필요한 일이 아닐까.

'알맞게 무르익은 순간'이란 '즐거운 순간'이다.

좋은 것보다는 즐거운 것이 우리를 더욱 풍요롭게 한다고 나는 믿는다.

떨어져 있을 용기

어쿠스틱 기타가 좋아서 자나 깨나 기타 연습을 하던 때가 있었다.

나는 원래 음악을 잘 못한다. 악기 다루는 법을 배우기가 어찌나 어렵던지 그야말로 연습밖에 없었는데, 한 가지를 연마해서 잘할 수 있게 되어도 곧바로 다른 벽에 부딪히고는 한다. 포기하지 않고 계속하면 어느 순간 그 벽은 넘을 수 있어도, 또 다른 벽에 부딪히는 일의 반복이다. 심지어 벽은 점점 높아진다.

그러던 어느 날, 새로운 벽을 넘는 일에 지쳤다. 이 이상 잘하는 건 안되겠다 싶었다. 여기까지가 한계인 것 같아 포기했다. 그렇게 생각한 뒤부터 좋아하던 기타를 들지 않게 되었다. 거의 1년 가까이 기타를 치지 않았다.

우연한 계기로 1년 만에 기타를 들었다. 가장 자신 있었던 곡을 연주해보니 분명히 외웠던 코드와 연주 방법인데 까맣게 잊어 기억이 나지 않았다. 충격이 너무 컸다. 놀라지 않을 수 없었다. 그래서 고민했다. 다시 한 번 해볼까. 아니면 그만둘까.

다시 한 번 해보기로 한 이유는, 한동안 떨어져 있어 새삼 더 좋게 들렸던 기타의 감미로운 음색 때문이었다. 나는 1년 만에 기타 연습을 다시 시작했다. 재미있는 사실은, 잊은 줄 알았던 코드와 연주 방법을 한 달 만에 거의 예전만큼 기억하게 됐다는 것이다. 심지어 그렇게 힘들었던 연습이 너무나 재미있었다. 더욱 놀라운 것은, 나를 포기하게 만들었던 그 높았던 벽을 1년 만의 연습으로 너무나 쉽게 넘게 되었다는 사실이다.

좋아하는 일을 하다 막혔다면 잠시 떨어져 있어보는 것도 방법이라는 사실을 실감했다. 공부, 일, 인간관계, 모든 일이 마찬가지다.

때로는 떨어져 있을 용기도 묘약이 될지 모른다. 정말
그렇다.

열두 개의 질문

얼마 전, 젊은 친구들에게 "일이란 무엇인가?"라는 주제로 강연을 하며 이런 이야기를 했다.

나는 일을 하면서 매일 열두 개의 질문을 자문한다. 그 전에, 미리 말씀드리고 싶은 것이 있다. 심리학자 에리히 프롬의 《인간의 마음》이라는 책에 이런 구절이 있다. "인간은 혼자되어 고독해지는 것을 두려워하는, 세계 속의 한 명의 이방인"이라는 구절이다.

이 문장이 말하는 인간의 모습을 상상해주기 바란다. 인간이란 결코 강하지 않고 오히려 나약하다는 사실을 인정하는 것에서 일에 대한 생각을 풀어나가 보자.

열두 개의 질문을 나열하겠다.

1. 지금보다 조금이라도 나은 해결 방법, 대응을 제시한 것인가?

2. '이렇게 해야겠다.'고 대답이 되는 것인가?

3. 돈을 들이더라도 알고 싶고, 얻고 싶은 것인가?

4. 싫은 일을 조금이라도 잊게 하는 것인가?

5. 아주 간단해서 알기 쉽고 지금이라도 당장 실천할 수 있는 것 인가?

6. 누구나 잘 알고 있는 친숙한 것이자 최신의 것인가?

7. 인간의 고독이나 쓸쓸함을 덜어줄 수 있는 것인가?

8. 불안이나 공포를 없애줄 수 있는 것인가?

9. 사람을 향한 것인가?

10. 세대를 넘어 나눌 수 있는 것인가?

11. 재미있고 즐겁고 새로운 것인가?

12. 사람을 도울 수 있는 것인가?

일이란 대체 무엇일까? 이 열두 개의 질문을 지금 자신이 하고 있는 일에 매일 비추어 생각해보자. 그렇게 하면 분명 알 수 있다.

작은 감탄

봄이 되면 일 때문에 고민하거나 헤매는 사람들이 많아지는 것 같다. 생각대로 되지 않는 일들로 가득하고 인간관계도 힘들다. 인생이란.

무엇을 위해 일을 하는가. 나도 자주 생각하는 문제다.

물론 생활을 영위하기 위해서이지만 오로지 그것 때문만이라고 하기에는 무언가 부족하고 쓸쓸한 마음도 든다. 내가 일을 하는 또 다른 이유는 무엇일까? 무엇이 나를 자리에서 박차고 일어나 일터로 향하게 만들까.

여기서 떠오른 대답이 작은 감탄이다. 말 그대로 "좋은데" 하며 소소한 감탄이 나오는 것, 아름다움이 느껴지는 것, 행복하다고 생각하게 되는 것, 소중한 것, 목숨을 걸고 싶은 것. 사람들은 저마다 그런 것을 몇 가지쯤 갖고 있을 것이다.

내게 작은 감탄을 불러일으키는 것은 무엇인지 생각해보자. 나는 잠들기 전에 자주 이런 생각을 한다. 그대로 잠들어버리기 일쑤지만 그래도 매일 생각한다. 마음이나 감각은 매일 바뀌기 때문에 오늘은 이것에 감탄했다가 내일은 저것에 감탄하며 좀처럼 마음을 정하지 못한다. 하지만 그러는 동안 어떻게든 감탄할 대상이 보인다.

나는 우리 사회가 사랑받는 사람들로 가득찰 것을 생각하며 감탄한다. 모두가 행복해지면 좋겠다고 진심으로 생각한다. 이런 감탄 때문에 일을 열심히 하는 것이기도 하다.

사람은 사람을 사랑함으로써 진정한 의미에서 자신을 사랑할 수 있다. 어떤 일이라도 그 끝에는 반드시 사람이 있다. 사랑받는 사람이 되기 위해 나는 무엇을 할 수 있을까?

내가 할 수 있는 일은 소소하게 감탄하는 것이다.

일을 잘하는 비결

일의 씨앗은 무엇일까. 씨앗 안에는 무엇이 있을까. 이런 생각을 자주 한다. 무슨 일이든 힘든 것이 당연한데, 그 이유는 무無에서 유有를 창조하기 때문이다. 우리는 분명 매일 무에서 유를 창조하고 있다.

이를테면 아침 인사만 해도 그렇다. 아침 인사를 나누어 기분이 좋아졌다면 나도 상대방도 마음이 즐거울 것이다. 즐거움이라는 '유'가 생긴 것이다.

'유'가 그런 것이라면, 어떤 '유'가 일로서 가치가 높은지 생각해보자. 어려운 문제이지만 이런 것이 아닐까 싶다.

이를테면 지금보다 더 나은 해결책과 방법을 개발한다면 유가 생긴다.

"이걸로는 안 되겠는데.", "이렇게 하면 좋겠어."라는 목소리에 응하는 것 역시 유를 만드는 일이다.

이 밖에도 안심과 안전, 싫은 것에서 도망칠 수 있게 해주는 것, 앎을 습득하는 것, 여기에 참신함까지 더해지면 더욱 가치 있는 유가 된다.

한 가지 덧붙이자면, 비즈니스에서 유를 창조하기 위해서는 "사람들이 그것에 기꺼이 돈을 지불할 것인가?"라는 점도 간과해서는 안 된다.

각종 미디어나 경험을 통해 정보를 습득하고 그 정보를 나름대로 분류, 정리하고 표현하는 것을 '큐레이션'이라고 한다. 큐레이션이 그런 것이라면, 나는 업무의 기본 프로세스가 큐레이션이라고 생각한다. 무에서 유를 만들어내는 일은 큐레이션 그 자체이기 때문이다.

어떤가. 일에 대한 힌트를 얻었는지. 어려워도 즐겁게 하는 것 역시 일을 잘하는 비결이다.

Chapter 6

나답지 않음에
도전하기

마법을 쓰는 방법

어떤 소원이든 이루어주는 마법을 자유자재로 사용할 수 있다고 하자. 어떤 일에 마법을 쓰겠는가?

나는 가끔 이런 생각을 하는데, 다른 사람에게 이런 이야기를 들려주면 보통 웃고 넘긴다. 이상한 사람이네 하고.

바라는 것은 무엇이든 손에 넣을 수 있고 무슨 일이든 할 수 있다. 마법을 사용해 내가 원하는 것은 무엇이든 할 수 있다고 상상해보면 제법 재밌다. 그 마법은 몇 번이든, 어떤 일에든 사용해도 되는 훌륭한 보증서다.

자, 당신이라면 어디에 마법을 쓰겠는가. 어떤 바람을

이루겠는가.

아, 한 가지 말하지 않은 것이 있다.

"당신에게 마법을 준다는 것은 신이 당신을 믿는다는 뜻이다. 게다가 당신이 마법을 어떻게 사용하는지 어떤 인생을 사는지 신이 지켜볼 것이다."

마법을 부릴 수 있는 능력과 함께 이런 말도 들었다고 하자.

다시 묻겠다. 당신은 어떤 일에 마법을 쓸 것인가? 어떤 소원을 이룰 것인가?

옛날이야기처럼 들리겠지만, 나는 이 이야기를 믿는다. 내게는 신이 준 마법이 있다고. 그리고 언제나 상상한다. 어떤 일에 마법을 사용할 것인지.

상상의 결론은 늘 같다. 이런저런 상상을 충분히 즐긴 후에 '마법은 사용하지 않겠어. 그래도 괜찮으니까.'라고 생각하는 것이다.

왜냐하면 대부분의 일을 내 힘으로 완수할 수 있다고 믿기 때문이다. 자만이 아니라 누구나 그럴 것이라고 생각한다. 하면 할 수 있는 일이다.

'일체유심조一切唯心造'라는 말이 있듯이 모든 일은 마음이 만들어낸다. 그러니 마법 따위 쓰지 않더라도 열심히 노력하면 반드시 꿈을 이룰 수 있다고 진심으로 믿는다. 당장이 아니더라도 언젠가는 이룰 수 있다.

그러나 아무리 원해도 이룰 수 없는 바람, 아무리 노력해도 이룰 수 없는 소원이 있다면 어떨까. 게다가 나를 믿어준 신도 "좋은 일에 마법을 사용했구나."라고 칭찬할 것 같은 그런 일이 있다면 나는 주저 없이 거기에 마법을 쓸 생각이다.

어릴 시절, '지금 마법이 있다면 얼마나 좋을까?' 하고 생각했던 경험이 누구에게나 한 번은 있을 것이다. 그러나 손가락을 가리키는 것으로 너무나 쉽게 소원이 이루어진다면, 편하기는 하겠지만 삶이 얼마나 지루해질지 어른이 되어서야 깨달았다. 내 힘으로 꿈을 이룬다는, 무엇보다 즐거운 재미를 놓치는 것이기 때문이다.

마법을 사용할 수 있지만 사용하지 않는다. 지금도 그렇게 생각하며 살고 있다. 하지만 신에게 칭찬받을 사용처를 발견하려는 노력은 멈추지 않는다.

나답지 않다

나답지 않다는 말을 들을 때가 있다. 특히 최근에 자주 그렇다.

예를 들어 옷 입는 스타일이나 사람들과의 커뮤니케이션 방식, 일하는 방법, 몰두하는 방법에 대해 "마쓰우라 씨답지 않네요."라는 말을 듣는 것이다.

그럴 때, 당신은 어떻게 생각하는지. 나답다는 것은 분명 멋지고 동경할 만한 일이다. 나답지 않다는 말을 들으면 유감스럽거나 아쉬운 마음이 들지도 모르겠다.

나답지 않다는 말을 들은 나는 "그런가요?" 하고 맞장구를 치며 속으로는 기뻐했다. 나도 모르게 싱긋 웃었다. 왜냐하면 결코 나다움을 잃지도, 나답지 않다는 것을 부정하지도 않은 채로 호기심 어린 마음으로 받아들이고, 영향을 받고, 솔직한 마음으로 시도하며, 열심히 도전해보고 있었기 때문이다. 그렇다. 모두 의도한 것이었다.

성장하고 싶었다는 말은 너무 번지르르하고, 한 단계 올라서고 싶었다고 하면 맞을 것이다. 내게 새로운 색을 더하고 싶었다. 나답지 않은 일을 일부러 해보면 적잖이 굳은 머리와 마음에 스트레칭이 되어줄 거라는 기대와 욕구가 있었다. 타인의 시선을 신경 쓰지 않고 다양한 내가 되어보는 일은 즐거웠다.

앞으로는 지식이나 정보보다는, 실패를 마다하지 않고 얻은 경험이 중요해질 것이다.

나이를 먹어도 나답지 않은 것을 계속 발견하고, 배우고, 경험하자고 다짐했다.

무엇보다 소중한 것은 실패할 용기다.

나의 적은 나라는 시각

얼마 전, 지인과의 대화에서 놀라운 말을 들었다.

"만약 내가 나를 해치려고 마음먹는다면 가장 먼저 무슨 일을 할까요? 성장하고 싶다면 그것을 생각하면 됩니다."

충격적인 말이었다. 지금까지 그런 식으로 생각해본 적은 없었다.

이를테면, 내가 상점을 열어 순조롭게 장사를 하고 있다고 해보자. 그때 또 한 명의 내가 바로 옆에 가게를 냈는데, 첫 번째 상점과 경쟁을 하다못해 그곳을 망하게 할 생각을 하고 있다. 그때 두 번째 상점은 무슨 일부터 할까. 무엇을 팔고 어떻게 승부를 볼까.

이 질문은 나를 객관적으로 보고, 공격에 취약한 점이나 미숙한 점, 무방비한 부분을 발견하게 해준다. 내 약점을 발견했다면 그 부분을 강하게 단련하려 노력하고, 배우고, 준비를 한다. 즉, 약점을 보완해 성장하도록 돕는 것이다.

그 사람은 이렇게 말했다.

"나의 가장 큰 적은 언제나 나라는 시각을 갖는 것이 중요합니다."

일을 할 때에도 이러한 사고방식은 상당히 도움이 된다. 나를 가장 잘 아는 사람은 나다. 내가 타인에게 알리고 싶지 않은 것을 알고 있는 사람도 나다. 성장이란, 내 적군과 아군의 시각을 번갈아 가져보며 강점과 약점을 파악하는 것에서부터 시작한다.

"지금 어느 부분을 단련하면 좋을지 알아야 합니다. 다들 그것을 알려고 하지 않기 때문에 강해지지 못하는 것이지요."

이 말에 내심 찔렸다.

하고 싶은 일보다 지금 해야 하는 일을 알아야 한다는 말이다.

다정한 얼굴을 한 사람

혼잡한 출퇴근 시간에 승강장 통로를 지나고 있을 때 문득 그곳을 걷고 있는 다른 사람들의 얼굴을 봤다.

지친 얼굴이나 졸린 얼굴로 걷는 사람도 있고, 우울해 보이는 사람이나 고개를 푹 숙이고 걷는 사람도 있었다. 모두 다른 얼굴로 걷고 있었다.

그러고 보니 다정한 얼굴로 걷는 사람은 한 명도 없었다. 다정한 얼굴이란 싱글벙글 웃는다기보다는 기분 좋은 얼굴, 그 장소에 있는 모든 사람을 배려하며 무관심하지 않은 태도가 드러난 얼굴이다.

나는 거리를 걷다가 이따금 유리나 거울에 내 얼굴을

비춰본다. 나는 어떤 얼굴을 하며 걷고 있을까 하고.

걸을 때의 표정 따위 어떻게 되어도 좋다는 말은 하지 않았으면 한다.

외국에 갔을 때, 스쳐 지나는 사람들이 눈인사를 하거나 말을 걸며 살며시 웃는 얼굴로 타인에게 경의를 표하는 것을 보면서 기분이 무척 좋아졌다.

등산을 할 때는 산길에서 마주치면 "안녕하세요" 하고 인사를 나누는데 왜 거리에서는 그러지 않을까.

사람이 너무 많아서? 그런 면이 없지는 않다. 하지만 조금 더 다정한 태도와 마음을 주변 사람들에게 표현하면 좋지 않을까. 적어도 기분 좋을 정도로만.

우리는 살아 있는 인간이다. 살아 있는 인간이 상대방을 인정하고 배려하고 자상하게 대하는 것은 결코 특별한 일이 아니다.

성공한 사람은 모두 기분 좋게 걷는다.

혹시 이것이 성공의 힌트인가?

바닥까지 떨어져보기

일이든 일상이든 인간관계든 마음먹은 대로 되지 않는 일로 가득하다. 그래서 배움이 있고 성장도 있다는 것은 알겠다.

그러나 인간은 나약한 존재여서, 많은 것을 알고 있다 해도 어디 한 군데 퍼즐 조각이 떨어져나가면 그로 인해 마음이 꺾인달까, 느닷없이 나락으로 떨어지는 경우가 있다.

자신을 잃어버려 무엇을 해도 잘 안되고 열심히 하면 할수록 공회전을 하고 마는 상태가 된다. 얼마 전까지 내가 꼭 그랬다.

그럴 때에 할 수 있는 일은 한 가지. 포기하지 않는 것이다.

녹초가 되었어도 마음 한 구석에 어떻게든 돌파구를 열겠다는 마음을 갖고 계속하면 된다.

그렇게 하면 더 이상은 안되겠다 싶은 절망의 벼랑 끝으로 몰릴 때에도 문득 무언가가 나타나 도와준다고 할까, 또는 자신의 깨달음으로 인해 단숨에 상황이 호전되는 일이 일어난다. 안개가 걷힌다는 게 이런 것이구나 싶을 정도로 조금 전까지 추락하기만 했던 상황이 완전히 달라진다.

요컨대, 떨어질 때는 갈 데까지 바닥까지 철저히 떨어져보면 된다. 거기서 다음 단계로 가는 문을 발견할 수 있기 때문이다.

자만하며 애매하게 떨어지는 것보다는 무언가를 잡을 손조차 과감하게 놓고 바닥까지 떨어져보자. 포기하지 않는 마음만 있다면 괜찮다. 이것은 여러 가지 일에서 통한다.

우리네 삶은 이러한 추락의 반복이라고 생각한다.

부적 만들기

연말이 가까워오면 마음속으로 내년의 나를 상상한다. 동시에 올 한 해의 나는 어땠는지 돌이켜본다. 기쁜 일과 슬픈 일, 크고 작은 갈등을 이래저래 머릿속으로 떠올리며 올해의 나는 어떻게 성장했는지 생각한다. 물론, 칭찬받을 일도 있고 칭찬받지 못할 일도 있을 것이다. 그런 일들을 연말을 맞아 곰곰이 생각해보면 기분이 개운해지고 즐거워진다. 그리고 내년의 나는 어떤 모습일까 생각하게 된다.

나는 종이 한 장에 소중하게 여기는 일, 되고 싶은 것, 배우고 싶은 것, 조심할 것 등 요컨대 올 한 해를 돌아보며 마음 썼던 일들을 하나하나 적는다. 내년을 맞이하기에 앞서 계획을 세우기 위한 메모이다. 이 습관을 5년 동안 이어오고 있다. 작년에 기록한 것을 바탕으로 새로운 항목을 보충하거나 삭제하며 내년용으로 경신한다.

중요한 것은, 되도록 12월 초까지는 만들어야 한다는 것이다. 연말이 되면 연내에 정리해야 하는 일들에 쫓겨 올해를 돌아보거나 내년을 상상할 마음의 여유가 없어지기 때문이다. 12월 초에 이른바 내년 계획이 명확하게 서 있으면 몹시 안심이 된다.

학창 시절, 편지를 쓴 다음 봉투에 넣지 않고 작게 접었던 기억은 누구에게나 있을 것이다. 내년 계획을 적은 종이는 그때 접었던 방식으로 접어 1년분 부적으로 삼는다. 부적을 사지 않고 직접 만드는 것이 제법 기쁘다.

내가 적은 것은 이런 것들이다. 참고를 위해 몇 자 적는다.

◦ 서두르지 않고 바라지 않고 화내지 않는다 ◦ 잘 쉬고 잘 논다
◦ 일찍 자고 일찍 일어난다 ◦ 분명히 전달한다 ◦ 불평은 나중에
◦ 약속을 지킨다 ◦ 늘 감사한다 ◦ 욕심 부리지 않는다 ◦ 말을 아

낀다 • 늘 웃는 얼굴 • 먼저 준다 • 더 솔직하게 • 오늘도 정성껏 • 아는 척하지 않는다 • 즐겁게 연구 • 더 친절하게

대부분 당연한 것들이라 다른 사람에게 보여주기는 부끄럽지만 성장이란 당연함의 정도를 높이는 일이다. 당연한 것이 가능해야 새로운 것을 배우고 도전할 수 있다.

한 해를 지내다 보면 의지가 꺾이는 때가 있기 마련이다. 그럴 때 이 부적을 펼쳐본다. 그러면 무언가 하나쯤 아직 달성하지 못한 것이 있다는 사실을 깨닫거나, 문제를 해결해줄 실마리를 부적 안에서 찾을 때도 있다.

이렇게 부적은 무슨 일이 생겼을 때 의지가 된다.

연말의 부적 만들기는 나를 직시하는 좋은 기회이자, 빼놓을 수 없는 연말 습관이 됐다.

호불호 없애기

초등학생 때, 나는 호불호가 강한 아이였다. 놀이나 음식, 사람에 이르기까지 좋아하는 것보다 싫어하는 게 많았다. 지금 다시 생각해보면 이 호불호 때문에 부모님을 어찌나 힘들게 했던지 죄송한 마음으로 반성할 뿐이다.

그랬던 내가 요즘은 호불호가 전혀 없다고 말할 수 있을 정도가 되었다.

일단 음식에서 그렇다. 싫어하는 것은 절대 먹지 않았었는데, 못 먹던 음식도 지금은 잘 먹는다. 특히 버섯류를 아주 싫어했지만 지금은 아주 좋아한다.

젊을 때는 모든 일을 좋고 싫음으로 나눠서 생각했다. 내가 무엇을 좋아하고 싫어하는지 표현함으로써 개성을 드러내고자 한 것인지도 모른다. 개성이 원래 그런 것이기는 하지만.

지금 나는 40대 후반이 됐다. 돌이켜보면 30대 중반부터 어떤 일에 대해 좋거나 싫다는 관점을 갖지 않게 된 것 같다.

호불호로 모든 일을 나누고 보니, 모처럼의 만남이나 배움이 생길 기회가 사라져 유감스러웠던 경험이 있었기 때문이다. 첫인상이 나쁘면 싫은 것으로 분류해 "그건 싫은데."라고 표현함으로써 순식간에 연결고리가 끊어졌을 때의 느낌을 기억했기 때문이다.

일단 무엇이든 받아들이자. 믿고 보는 것이다. 이렇게 생각하면서 여러 의미에서 기회가 늘었다.

좋거나 싫다고 말하는 사람은 아이다.

어른이 된다는 것은 호불호에서 벗어나는 것이 아닐까.

흐르는 물이 되자

　내가 사는 집 근처에 개천이 있다. 개천을 따라 난 작은 길은 하루 일과 중 하나인 아침 달리기를 하기에 좋은 코스다. 물과 가까운 곳에서 보내는 일상이 나는 무척 마음에 든다.

　개천에 물이 찰랑찰랑 흐르는 풍경은 사소하지만, 그 풍경을 보는 일이 내게는 매일의 소소한 즐거움이다. 기분이 가라앉지 않을 때나 무슨 일인가로 슬플 때, 마음이 개운하지 않을 때 혼자서 개천의 흐름을 멍하니 바라본다.

　당신에게는 무슨 일이 있을 때 멍하니 있을 수 있는

장소가 있는지?

개천의 흐름을 보며 늘 떠올리는 좋은 말이 있다.

'유수부쟁선流水不爭先(흐르는 물은 앞을 다투지 않는다)'는 중국의 교훈이다.

물은 형태가 없어서 어떤 그릇에든 담을 수 있다. 기울이면 아래로 흐른다. 유수부쟁선은 물처럼 자유자재로 융통성을 갖고 찰랑찰랑 흐르라는 가르침이다. 개천은 직선으로만 흐르지 않고 곡선으로도 휘어 흐르기 때문에 아름다운 풍경을 만들어내고, 웅덩이 안에 생명을 품어 풍요로움을 만든다. 자연은 그렇게 조화를 이룬다.

개천의 흐름을 멍하니 보고 있으면 깨닫는 것이 있다. 인간은 일직선으로 흐르려 하고, 늘 앞을 놓고 다투기 때문에 흐르는 물처럼 될 수 없다는 사실.

힘을 빼고 솔직하게 마음의 융통성을 되찾아 무엇이든 받아들이라고 개천은 가르쳐준다. 개천은 늘 투명하다. 개천은 떠내려가는 것이 아니라 흐른다.

안전권에서 뛰쳐나오기

　자신을 바꾸고 싶은 사람이 많은 것 같다. 자신은 주목받지 못한다거나, 바꿔도 더 나아지지 않았다는 사람도 있다. 그러나 이런 불평은 모두 조금 더 성장하고 싶다는 바람에서 나온 생각이 아닐까 싶다.

　어떻게 하면 좋을까. 이것만 하면 모든 것이 바뀔 것이라고 장담할 수는 없지만, 실천해보라고 권하고 싶은 것이 한 가지 있다.

　사귀는 사람을 바꾸는 것이다. 자신이 성장하지 않는다는 것은 나보다 뛰어난 사람과 사귀지 않고 있다는 말이 아닐까. 그러니 지금부터는 나보다 훨씬 뛰어난 사람들과 까치발을 들어서라도 사귀어보자.

사람이란 아무래도 즐거운 인간관계에 안주하게 된다. 그러나 그 안에 계속 머무르는 이상, 얻는 것이 없거나 막혀 있는 상태를 돌파할 수 없다. 안이한 생각이나 습관과 감각이 어떤 지점에서 다음으로 나아가야 할 자신의 성장을 방해한다.

자신을 바꾸고 싶다면, 나보다 뛰어난 사람들로부터 새로운 사고방식과 습관을 배우고 듬뿍 받아들여야 한다.

용기를 내 지금 있는 안전권에서 뛰쳐나올 것. 처음에는 고독해도 새로운 인간관계가 생기면 생각하는 법뿐 아니라 시간 사용법이나 돈 쓰는 법 등 습관까지 바뀌어 훨씬 세련되어진 자신을 느낄 수 있다.

지금까지 알던 친구나 지인과의 관계를 끊고 야박한 사람이 되라는 말이 아니다. 거기에만 머물러서는 안 된다는 말이다.

내가 가장 아래에 있는 인간관계가 나를 크게 성장시키기 때문이다.

칭찬에 약한 사람

어릴 때부터 어른이 된 지금까지 바뀌지 않은 것이 있다면 칭찬에 약하다는 것이다. 꾸준히 노력하거나 열심히 했던 추억의 대부분이 칭찬에 넘어간 결과라고 해도 좋을 것이다.

책을 잘 읽는다, 작문을 잘한다, 그림을 잘 그린다 등 당시 내가 즐기던 것, 빠져 있던 흥미에 대해 사람들이 칭찬을 해주면 곧바로 그 흐름에 실려 진지해지는 것이 어릴 때부터 내 습관이었다.

나는 칭찬을 받으면 의욕이 마구 솟는 사람이다. 칭찬을 받으면 더 잘하는 사람도 있지만 나는 칭찬을 받으면 진지해진다(더 잘하게 되는지는 잘 모르겠다).

나는 칭찬을 받으면 "아니에요. 그렇지 않아요." 또는 "비행기 태우지 마세요."라며 겸손하게 굴지 않고 "고맙습니다.", "기뻐요."라며 칭찬을 즐기는 스타일이다.

칭찬에 잘 넘어가는 것이 싫지만은 않다. 칭찬에 넘어가 인생이 바뀐 경험이 여러 차례 있기 때문이다.

책을 잘 찾는다는 칭찬에 넘어가 서점 일을 시작했고, 말을 재미있게 한다는 칭찬에 넘어가 에세이를 쓰기 시작했더니 에세이를 잘 쓴다는 칭찬에 넘어가 오늘에 이르렀다.

그러고 보니 다른 사람의 칭찬을 의심한 적이 없는 나는 사람을 잘 믿는 사람이기도 하다. 칭찬은 내가 잘 모르는 나의 특징도 슬쩍 가르쳐준다.

'큰일'이 가져온 균형

큰일이 잇달아 터졌다.

이렇게 말하면 다들 "맞아. 꼭 그럴 때가 있어." 하고 맞장구를 친다. 두 번 일어난 일이 세 번 일어나지 말란 법은 없다고 하지만, 이번에는 세 번 정도가 아니라 한 손으로는 다 세지 못할 만큼 많은 일들이 일주일 사이에 연달아 터졌다. 덕분에 나는 완전히 지쳤다.

웬일로 감기에 걸렸다. 컴퓨터 하드디스크가 날아갔다. 운전 중에 차가 고장 났다. 일을 하다 큰 실수를 저질렀다. 오해가 생겨 어떤 사람과 서먹해졌다. 아끼던 펜을 떨어뜨려 못 쓰게 됐다. 업무 일정을 착각해 민폐를 끼쳤다. 카메라가 망가졌다. 그러고도 사소한 문제가 두 가지쯤 더 있었다.

이렇게 쓰고 나니 심각한 문제들은 아닌 것 같지만, 어쨌든 일일이 바로잡으려다 보니 아무리 낙천주의와 활기 빼면 볼 것 없는 나라도 몇 번이나 한숨이 나왔다.

마음을 가다듬고 왜 이런 상황이 벌어졌는지 곰곰이 되짚어보았다. 이윽고 '무슨 일에든 균형이 있다.'는 데 에 생각이 미쳤다.

힘든 일이 한꺼번에 닥친 것은 퍽 오랜만이었다. 그동 안은 마치 당연하다는 듯 좋은 일들뿐이었다. 좋은 일에 치우쳐 있었다고 말하는 편이 맞을 것이다. 좋은 일은 아무리 많이 일어나도 당연스레 여기고 깊이 생각하지 않았기 때문에 치우쳐 있었다는 사실을 깨닫지 못했을 뿐이다. 치우치지 말고 균형을 잡으라고 힘든 일들이 한 꺼번에 몰려온 것이다. 하마터면 웬만해서는 해결할 수 없는 무시무시한 일이 생길 뻔했다. 작은 문제는 여러 건이 겹쳐도 하나씩 풀어나가면 된다. 이런 정도의 노력 으로는 어림도 없는 무지막지한 일이 일어나지 않아 천 만 다행이다. 그렇게 생각하니 마음이 편해지면서 웃음 이 돌아왔다.

스코틀랜드를 여행하던 중에 발견한 비스킷 포장지에 이런 글귀가 적혀 있었다.

"힘들거나 언짢은 일들을 차곡차곡 모아두면 행복을 불러오고 싶을 때 언제든 쓸 수 있다."

나는 그동안 좋은 일에 치우쳐 있던 탓에 이번에 힘든 일을 한꺼번에 맞이했지만, 반대로 힘든 일에 치우쳐 있던 사람은 앞으로 좋은 일을 한꺼번에 만나게 될 것이다. 내게 일어난 힘든 일들에게 감사하는 마음을 잊지 말아야겠다. 나를 찾아와 준 힘든 일들에게 고맙다고 인사를 해야겠다.

당신의 요즘은 어떤지? 매일의 일상과 업무 중에 수없이 많은 일들이 일어날 테지만, 분명 모두 내게 필요한 일일 것이다. 균형을 잃지 않게 도와주는 힘이 작용하고 있다고 믿어보면 어떨까. 당장은 어렵더라도 천천히.

힘든 일을 해결하는 와중에 전에 몰랐던 새로운 것을 알게 된 것은 좋은 경험이었다. 잠시 서먹했던 사람과도 이번 일을 계기로 신뢰가 더 깊어졌다.

나를 만드는 방법

고등학교를 입학하기 전 봄방학에 나는 밤낮없이 뛰었다. 고등학교에서 럭비부에 들어가기로 결정했기 때문이다. 내가 입학할 학교는 관동 지역 대표로 자주 선발되는 럭비 명문이었다. 근처에 사는 두 살 위 선배가 그 학교 럭비부에서 활약하는 모습이 근사해서, 럭비를 해본 적도 없으면서 럭비부에 가기로 결정했다. 럭비부 연습은 혹독하기로 악명이 높았다.

나는 럭비부 훈련을 제대로 해낼 수 있을지 불안해서 매일 좌불안석이었다. 전혀 자신이 없었다. 운동신경과 체력이라면 누구에게도 지지 않을 선수들이 모여 있다는 것도 알고 있었다.

실력을 높이려면 어떻게 해야 할지 필사적으로 생각했다. 그때 떠오른 것이 달리기였다. 어쨌든 럭비는 끊임없이 달리는 스포츠니까.

그때 내가 당장 할 수 있는 일은 럭비부에 들어가기 전에 얼마간이라도 달릴 수 있는 체력을 기르는 것뿐이라고 생각했다. 나는 체격이 좋은 학생이 아니었다. 달릴 수 있는 체력조차 없다면 선수들 사이에서 말도 못 붙일 것이다. 좋았어, 달리자.

나는 매일 10킬로미터씩 달리기로 정한 다음, 질주와 인터벌을 반복하며 훈련했다. 복근 운동과 팔굽혀펴기로 근육 트레이닝에도 묵묵히 매진했다. 하루 일과는 결코 헐렁하지 않았다. 그러나 일과를 수행할수록 불안이 조금씩 줄어들면서 신기하게 자신감이 생겼다. 럭비부에 들어가기 전에 이렇게 힘들게 연습하는 사람은 나뿐일 것이라고 생각했기 때문이다.

매일 체력이 늘었고 체격이 바뀌는 것도 알 수 있었다. 럭비부에 들어가기 직전에는 10킬로미터를 한 번도 쉬지 않고 달릴 수 있게 되었다. 불안하고 무섭고 자신감이 없던 내가 어느새 몸과 마음이 자신감으로 가득

차 있었다.

럭비부에 들어가 처음 한 훈련은 달리는 것이었다. 주변을 봐도 역시 강한 선수들뿐이었다. 그중에는 중학교 때부터 럭비를 했던 사람도 있었다. 그러나 달리기라면 자신이 있었다. 나는 그때까지의 연습 덕분에 힘든 훈련에서도 늘 상위권으로 달렸다. 마르고 약해 보이던 녀석이 다른 선수보다 배의 체력이 있다는 것을 알고 선수들도 나를 다르게 봤다. 럭비부에 들어오기 전 달리기를 묵묵히 한 내가 대견스러웠다.

새로운 일을 할 때는 누구나 마찬가지일 것이다. 나는 그럴 때, 럭비부에 들어가기 전에 연습했던 경험을 떠올린다.

책을 읽어도 좋고 다른 사람의 이야기를 들어도 좋다. 새로운 것에 도움이 될 일들을 일과로 정해보자. 그러면 불안도 사라지고 어느새 자신감이 생긴다. 스타트 라인에 서기 전 얼마나 준비했는지가 나를 증명한다.

0에서 시작하기

올해는 도전하는 한 해로 정했다.

새로운 것을 배우고 취하고 받아들일 생각이다. 어떤 면에서는 나를 더욱 혹사시키고 막다른 곳에 몰아보기도 할 생각이다. 그러려면 나를 바꾸겠다는 각오가 필요하다.

나는 힘든 단계에서 이를 악 물고 필사적으로 오르는 것을 좋아한다. 그때에만 느낄 수 있는 기쁨을 만끽하는 사람이 나다. 하지 못했던 일을 조금이라도 해보려고 1분 1초 노력하는 순간이 행복하다.

어느 날, 내가 꽤 높은 곳을 올라 평평한 정상에 서 있다는 사실을 깨달았다. 정상에서는 정상에서 해야 할 일이 있다. 높은 곳을 오른 사람에게 주어진 역할이랄까. 이제 더 높이 오르겠다는 생각을 버리고 그 역할을 조용히 수행하는 편이 좋을지도 모른다. 그러나 정상에 도착한 나는 그곳에 안주하는 것이 고통스러웠다. 그래서 몇 년이나 걸려 오른 정상에서 단숨에 내려와 새로운 정상을 발견하고 다시 한 걸음 내딛어보려고 생각하고 있다. 편한 것이 싫다고는 할 수 없지만, 오르는 일을 멈추면 모처럼 단련한 몸과 마음과 머리가 쇠퇴할까 봐 두렵다.

이럴 때 생각하는 것이 있다. 자기 긍정감과 자기 부정감이다. 지금까지 손에 넣은 것을 버리고 나를 바꿔 새로워지고 싶다, 할 수 없었던 일을 하고 싶다는 마음이 들 때 지금까지의 나를 인정하는 자기 긍정감을 유지하는 한편, 지금까지는 할 수 없다며 부정했던 일에 도전해 마음의 엔진에 불을 붙인다. 이제 와서 그런 일을 해봤자 쓸모없다든가 그 나이에 그런 일을 할 수 있을 리 없다는 말을 들어도 분명 나는 할 수 있다고 믿는다. 그러나 이것이 가능하기 위해서는 나를 객관적으로 보고 이 정도로는 아직 안 되겠다 하며 0점을 줄 수 있어야 한다. 말하자면 자신을 부정한 다음 0점에서 다시 시작하는 것이다.

돌이켜보면 내 삶은 매일 자기 긍정과 자기 부정을 반복한 나날의 연속이었다. 그렇게 하지 않았다면 지금까지의 힘든 길을 오를 수 없었을 것이다.

그리고 또 한 가지. 나는 자기애가 무척 강한 사람이다. 그렇기 때문에 앞으로 내가 어떤 새로운 방식으로 0점에서 출발해 오르기 시작할지, 높은 벽에 부딪혔을 때 어떻게 그 벽을 넘어 어디까지 오를 것인지를 한 발 떨어져서 보고 싶다. '자, 이제 어쩔 텐가.' 하는 마음으로.

내게 가장 흥미로운 존재는 나다.

무언가를 버리고 시작할 때 나는 늘 이런 식으로 분발한다. 흥하든 망하든 일단 부딪힌다. 하지만 반드시 끝까지 해낸다. 높은 곳까지 오르고야 말겠다는 결심으로.

마치며

　아침에는 대부분 5시 전에 일어난다. 자명종은 사용하지 않는다. 멍하니 의자에 앉아 끓인 물을 한 잔 천천히 마신다.

　러닝웨어로 갈아입고 가볍게 스트레칭을 한 다음 집 주변을 10킬로미터 달린다. 돌아오면 대략 6시 반이다.

　샤워를 하며 면도를 하고 정장을 입고 몸가짐을 정비한다.

　옷은 속옷부터 양말, 셔츠, 재킷에 이르기까지 네이비나 흰색 아니면 그레이 계열뿐이다. 아무렇게나 조합해 입어도 최악은 면할 수 있기 때문에 자주 손이 간다.

아침 식사는 직접 만든다. 최근에는 '아침 연습'이라는 이름으로, 저녁 식사를 하고 남은 음식을 활용해 샐러드나 스프, 샌드위치 등 간단한 요리에 도전하고 있다.

씻기를 마치고 7시 반 무렵이면 아침 일과가 일단락된다. 회사에 출근하기 전까지 남은 시간 동안 신문을 읽거나 오늘 일정을 확인하고 8시에 집을 나선다.

9시 반부터 6시 반까지 일을 한다.

7시 반에 집에 돌아온다. 해가 저물 무렵이 되면 집중력이 떨어져 되도록 야근은 하지 않으려고 노력한다.

집에 오면 곧바로 저녁을 먹는다. 전에는 7시가 저녁 시간이었는데, 지금은 새 직장의 근무 시간에 맞춰 조정을 했다. 저녁만큼은 가족이 모두 모이는 것이 우리 집 규칙이다. 그 뒤에는 각자 자유다.

저녁 식사를 마친 후에는 집안일과 관련된 것들을 이것저것 하며 가족과 대화를 하다 보면 9시가 된다. 목욕을 하고 침실에 들면 10시 무렵이다.

그날의 컨디션에 따라 독서를 하거나 자료 조사를 하는데, 대부분 10시 반에는 침대에 들어 잠을 청한다. 큰 뉴스가 없는 한 텔레비전은 거의 보지 않는다.

이상. 간단히 말하면 5시에 일어나 10시 반에 자는 것이 내 하루 일과다. 이런 일을 10년 넘게 이어오고 있다. 밤에 사람을 만나는 일은 거의 없다. 약속은 주로 점심 시간에 맞춰 잡고, 아주 가끔 다른 사람과 저녁 식사를 하기도 하지만 그래도 술은 마시지 않기 때문에 집에는 일찍 온다.

내 일과를 사람들에게 들려주면, 대단하다든가 너무 금욕적이라는 반응을 보이지만 나는 전혀 그렇게 생각하지 않는다. 일상과 일을 소중히 생각한 결과이자, 더 큰 잠재력을 발휘하기 위한 방법이기 때문이다. 그리고 하루라는 시간을 최대한 즐겁게 보내며 솔직하게 감동하기 위한 컨디션 만들기라고 할까.

또 한 가지. 하루는 가족과 함께하는 시간, 직장 동료나 업무 파트너와 함께하는 시간, 그리고 혼자 있는 시간으로 이루어진다. 그중 반드시 혼자 있는 시간을 짧게라도 확보하려 노력한다.

내가 지금 무엇을 느끼고, 무엇에 기뻐하며, 웃고, 슬퍼하고, 상처받고, 무서워하는지. 그런 감정을 직시해되도록 말이나 글로 표현해둔다. 그중 어떤 일을 어떤 식으로 타인과 나누고 싶은지를 정한다. 그런 아이디

어가 일상과 일, 인간관계의 기본이 되고, 동기부여가
된다.

그리고 나는 당신을 생각한다. 나는 당신 곁에 앉아
말을 건넬 것이다. 천천히 작은 목소리로 전할 것이다.
나의 나날을.

'오늘도 정성껏'이라는 말이 마음속에서 자연스럽게
스며나온다.

옮긴이 ∥ 서라미

서울여자대학교에서 경영학과 언론영상학을 전공하고 현재 바른번역에서 출판
번역가로 활동 중이다.
옮긴 책으로 『그들은 왜 싸우지 않는가』, 『내가 일하는 이유』, 『귀를 기울여줄
한 사람만 있어도』, 『비즈니스 모델을 훔쳐라』 외 다수가 있다.

일상의 악센트

초판 1쇄 발행 2020년 2월 20일
초판 2쇄 발행 2020년 3월 20일

지은이 마쓰우라 야타로
옮긴이 서라미
펴낸이 유정연

편집장 장보금
책임편집 김경애 **기획편집** 백지선 신성식 조현주 김수진 **디자인** 안수진 김소진
마케팅 임충진 임우열 이다영 박중혁 **제작** 임정호 **경영지원** 박소영

펴낸곳 흐름출판(주) **출판등록** 제313-2003-199호(2003년 5월 28일)
주소 서울시 마포구 월드컵북로5길 48-9(서교동)
전화 (02)325-4944 **팩스** (02)325-4945 **이메일** book@hbooks.co.kr
홈페이지 http://www.hbooks.co.kr **블로그** blog.naver.com/nextwave7
출력·인쇄·제본 (주)상지사 **용지** 월드페이퍼(주) **후가공** (주)이지앤비(특허 제10-1081185호)

ISBN 978-89-6596-368-4 03830

이 도서의 국립중앙도서관 출판예정도서목록(CIP)은 서지정보유통지원시스템 홈페이지(http://seoji.nl.go.
kr)와 국가자료공동목록시스템(http://www.nl.go.kr/kolisnet)에서 이용하실 수 있습니다.(CIP제어번호:
CIP2020003697)